Madeleine

Michel Chaigneau

Madeleine

Roman

© L'Harmattan, 2011
5-7, rue de l'Ecole-Polytechnique, 75005 Paris

http://www.librairieharmattan.com
diffusion.harmattan@wanadoo.fr
harmattan1@wanadoo.fr

ISBN : 978-2-296-54151-1
EAN : 9782296541511

REMERCIEMENTS

Mes remerciements vont d'abord à toutes celles et ceux qui m'ont prêté attention et encouragé dans cette aventure qu'est l'écriture.

Ils s'adressent tout particulièrement à ma compagne Frédérique, mon meilleur soutien et ma première lectrice, dont la rigueur affectueuse vient me déloger de mes retranchements.

SOMMAIRE

Chapitre 1 : MADELEINE — 9

Chapitre 2 : ELLE EST LA ! — 19

Chapitre 3 : BONNE ECOLIERE — 27

Chapitre 4 : UN DRAME — 41

Chapitre 5 : LES MANTEAUX — 49

Chapitre 6 : JOURS DE FÊTE — 55

Chapitre 7 : LE DEPART D'ALFRED — 69

Chapitre 8 : PUIS CE FUT LA GUERRE — 81

Chapitre 9 : L'ANNEE 1941 — 99

Chapitre 10 : LE MAQUIS — 111

Chapitre 11 : LA LIBERATION — 127

Chapitre 1

MADELEINE

Elle sortit la dernière de la petite église, un assez long moment après tout le monde.

Appuyée sur sa canne, elle franchit avec précaution le seuil du portail latéral, ne sollicitant aucune aide. Elle marqua un léger temps d'arrêt seulement à l'instant précis où elle quittait la pénombre de la nef abandonnée au prêtre pour retrouver la lumière vive de cette fin de matinée qui l'éblouit un peu.

Le cercueil avait déjà été placé dans le corbillard prêt à se diriger vers le cimetière où elle n'était pas conviée. Bientôt il prendrait la tête du cortège de voitures accompagnant la défunte en sa dernière demeure. Quant à elle, silencieuse, recueillie, seule avec ses pensées, elle se dirigerait déjà vers son domicile, vers la ville voisine, assise à côté de son fils aîné qui conduirait.

Répartie sur la place par petits paquets, la petite foule attendait que soit donné le signal pour pénétrer dans les véhicules surchauffés et suivre alors le corbillard en une file modeste et lente.

Le ciel était bleu, juste repeint de la nuit qui avait effacé les nuages de la veille. C'était un ciel propice à la nostalgie, aux réminiscences de l'enfance, au retour des images vacancières et des sensations imprimées de longue date. La chaleur de ce jour de février authentifiait les lieux.

Les hommes avaient choisi de s'aligner à l'ombre le long du mur de l'église, casquettes vissées sur la tête. Les femmes se regroupaient sous les arbres et commentaient l'oraison décevante du curé qui avait si peu évoqué la défunte, ses parties de belote au club pas toujours sans accrocs d'ailleurs, son monologue quotidien avec sa poule qui lui fournissait ses œufs frais - elle ne mangeait que les œufs dont elle connaissait l'origine, pas question d'en manger d'autres et surtout pas ceux du supermarché ! - son amour des fleurs et son esprit frondeur, ses années de travail à l'usine de cartonnage, ses querelles innombrables et ses amitiés fidèles. Seules, des amies, anciennes compagnes de travail avaient su introduire, dans une très brève évocation, cette part d'émotion qui la rendait présente et lui redonnait son humanité. Le curé s'était égaré dans l'Evangile selon Saint Paul, se livrant à des exégèses absconses, inaccessibles au public qui avait fini par se distraire, chacun revenant en pensée à des choses simples.

Le médecin qui la visitait lui avait dit qu'elle était une « filoute ». C'était quelques années auparavant. Elle me l'avait confié. Des patientes, copines de Lucienne - Lulu pour ce petit cercle - sachant comme elle était capable de se plaindre pour se faire bichonner, avaient suggéré au médecin d'aller voir les magnifiques fleurs qu'elle entretenait dans sa cour. Pour réussir d'aussi jolis parterres il fallait que ça n'aille pas si mal que ça ! Elle se plaignait, il avait répondu à son appel. Tout allait bien, enfin, pas plus mal que d'habitude. A la fin de sa consultation il lui avait demandé de pouvoir se rendre dans la cour, admirer ses fleurs. C'était la première fois qu'il sollicitait pareille faveur. Elle l'avait guidé, franchissant pour la millionième fois les marches de sa cuisine à la soupente, de la soupente au garage avant d'atteindre la cour. Et là, admiratif, il avait déclaré mezza voce, sourire aux lèvres : vous êtes une « filoute » ! Elle l'avait entendu.

Elle le regarda de son œil malin. Contente d'elle et rassurée, elle avait subodoré au ton de la voix l'espièglerie de la réflexion. Mais une fois qu'il fut parti, elle chercha dans le dictionnaire ce que pouvait bien vouloir dire « filoute », bien qu'elle s'en doutât un peu. La forme féminine n'existait pas. Peu lui importait ! On ne trouvait que le mot « filou » : bien peu recommandable. Avec tendresse, un peu de malice et un brin d'admiration, le médecin avait forgé un néologisme et prononcé pour elle : « vous êtes une filoute ». Entre eux deux, pour elle seule, comme on susurre dans les vieux couples. Et elle avait goûté cette complicité débonnaire et respectueuse, se reconnaissant assez bien, finalement, dans ce trait de caractère : « filoute ».

Depuis toujours Lucienne était le garçon manqué de la famille. Elle venait de s'éteindre et nous allions l'accompagner une dernière fois.

Tout le monde avait donc quitté l'église quand Madeleine passa le parvis et retrouva la lumière du ciel, généreuse ce matin-là. Droite, belle, réfugiée derrière les verres fumés des lunettes qui la protégeaient, sa canne au côté gauche pour soulager sa marche, elle apparut enfin.

Je surveillais sa sortie. Elle s'arrêta pour écrire quelques mots - les derniers - sur le livre ouvert, posé sur la table, à gauche du portail. Puis elle se releva et entreprit dans une marche lente et digne de quitter les lieux.

« - Tu comprends, » me dit-elle, « c'était ma sœur ! »

Je suis allé vers elle. Elle doit se sentir bien seule. Elle est si digne, avec cette prestance unique, son allure si droite, les jambes encore solides malgré son âge, la canne soutenant la marche, visage offert à la petite foule dont elle occupe tous les esprits.

Madeleine m'a toujours impressionné. J'ai toujours ressenti chez elle une part de noblesse, une sorte de mystère aristocratique affleurant sous la simplicité et la modestie, parfois la rudesse, mystère dont elle a forgé son caractère. Elle n'a jamais été comme les autres.

« - Bien sûr, c'était ta sœur. Je suis heureux de te retrouver, tante. J'ai vraiment plaisir à te voir. Je t'ai toujours beaucoup aimée. »

Je le dis avec d'autant plus de chaleur que je sais qu'elle n'a pas été invitée à assister aux obsèques de sa sœur. Elle n'ira pas au cimetière. Il lui est interdit aujourd'hui.

Et pourtant, encore récemment, à chaque Toussaint, elle s'y rendait pour fleurir la tombe de Louis, le mari de Lucienne, disparu depuis une vingtaine d'années. Parfois elle téléphonait à l'avance et s'arrêtait au retour de son office, le temps de prendre un café, des petits gâteaux, de bavarder encore pour faire le bilan de leurs douleurs, évoquer leur vieillesse, avant de s'en retourner chez elle dans la voiture conduite par le fils aîné. Dans ce temps-là, toutes les deux se réservaient encore ce bref moment, au retour du cimetière, pour se voir. Même si ce n'était au plus qu'une seule fois dans l'année, elles avaient longtemps maintenu ce contact qui interrompait ponctuellement la ritournelle des reproches réciproques prononcés séparément.

« - Lucienne…, et la semaine passée c'est René, mon mari, que j'ai enterré. C'est dur tout de même de perdre les siens… » Elle marque un temps de pause. « Mais tu vois, je tiens le coup ! »

Elle a toujours tenu le coup, même dans les moments les plus durs. Oh certes elle a pleuré, peut-être plus que tous. Mais ses larmes ne se donnaient pas à voir. Ses larmes restaient les siennes. Elles lui appartenaient. Elles étaient pour elle, m'a-t-elle confié. Le cœur trop gros débordait de sa souffrance en crue. Les larmes la soulageaient des affronts répétés, des violences sournoises et brutales. Elles ne regardaient qu'elle ces larmes. Elle enrageait. La colère débordait. Les larmes, alors, irriguaient sa volonté farouche de vivre sa vie. Sa vie ! Elles fortifiaient ses convictions. Elle y puisait sa détermination et cultivait sa fierté. Toujours droite.

Les autres devaient n'en rien savoir ! Elle refusait de se poser en victime et de montrer à ces « autres », frères et sœur, le moindre signe de faiblesse, le moindre indice de regret pour les décisions qu'elle avait prises.

Car sa vie, elle l'a vécue dans la réprobation. Celle de ses filles, celle de tous ceux qui ne lui ont jamais pardonné ses choix. Ses filles sont là, aussi muettes à son égard qu'elles l'ont toujours été, élevées qu'elles furent dans le désaveu de cette mère. Coupées d'elle à jamais ! Recluses dans leur souffrance primaire. Elles l'appellent Madeleine quand elles l'aperçoivent et l'ignorent quand elles la croisent. Lucienne a contribué, elle aussi, à entretenir cette coupure, cette peine appliquée, après condamnation du tribunal commun.

« - Oui, c'est dur de perdre ceux qu'on aime. C'est dur ! » Comment trouver les mots qui disent ma compassion ? « Ton histoire avec René, c'était une véritable histoire d'amour. Une belle histoire. Depuis le temps que vous étiez ensemble... »

Je veux le lui dire. Quelle preuve plus évidente d'amour que cette longévité ! Peut-on être coupable d'avoir aimé si longtemps ?

« - Soixante-huit ans, nous avons vécu ensemble soixante-huit ans. Ils avaient le même âge tous les deux, René un peu plus jeune que Lucienne. Tous les deux de 1919. Il a beaucoup travaillé. Les derniers temps il ne pouvait plus…

- Je me souviens de son jardin. Il aimait les fleurs.

- Ça oui, il aimait les fleurs !

- Il avait beaucoup de goût. Tu sais je m'en rappelle. Votre maison était entourée d'une véritable mosaïque de couleurs. C'était vraiment très beau. »

Je sens qu'elle est heureuse de cette évocation.

« Quand on arrivait chez toi des tapis de fleurs de toutes sortes captaient le regard. C'était un vrai feu d'artifice, joyeux. » Je souris. « Il y mettait beaucoup d'amour pour obtenir d'aussi jolis parterres. Il savait faire.

- C'était son premier métier…

- Tu restes toujours dans ta maison ?

- Je reste dans ma maison. Tu comprends, c'était notre maison. C'est là que nous avons vécu tous les deux. C'est ma façon de le garder encore avec moi, de lui être fidèle.

- Je t'embrasse. »

Je suis profondément ému. Je ne veux pas la fatiguer.

« - Tu es gentil, toi, » me répond-elle, dans un élan affectueux.

Je regarde encore ce beau visage, ses yeux clairs encore vifs qui se laissent deviner derrière les verres fumés. Ses filles lui doivent leur part de beauté. Impossible de ne pas voir la mère quand on rencontre les filles. Mais les filles peuvent rencontrer leur mère en faisant semblant de ne pas la voir. La voir et l'ignorer !

Je me recule, accompagné de ma femme qui venait de me rejoindre pour saluer Madeleine, elle aussi, et retrouve le groupe de mes frères et sœurs.

Madeleine reprend sa marche en avant. La place lui appartient. Le silence s'est fait dans les groupes épars. Tous la regardent en se défendant de l'observer. Elle est le point de fuite des regards obliques qui convergent sur elle. Elle avance lentement mais sans difficulté en s'appuyant sur sa canne. Il n'y a plus qu'elle sur cette place qu'elle traverse à son pas. Elle ne regarde ni à droite, ni à gauche. Elle se tient droite comme la vertu. Elle sait qu'ici beaucoup lui sont hostiles et ne lui ont jamais pardonné son amour avec René, à commencer par ses propres filles issues de son premier mariage qui demeurent immobiles. Elle a dû s'en faire une raison avec le temps. La carapace est ferme, mais les larmes ont-elles séché ?

Je m'imprègne de l'image imprimée lors de cette traversée. Un film d'une autre époque tourne au ralenti, déroule sa pellicule usée sur mon écran intérieur, un film muet, en noir et blanc, au scénario stupide. Image forte, impressionnante. La droiture et la lenteur ajoutent à la dramaturgie de la scène qui se joue sous mes yeux. L'essentiel se prononce en deçà du silence, dans chaque monde intime, derrière les faciès figés, blêmes. Pourquoi ai-je le sentiment qu'elle jubile d'être là, bien qu'elle maintienne une attitude austère, imperturbable ? On n'a pas voulu l'inviter ! On craignait sa présence, comme les enfants peuvent avoir peur des fantômes et s'enfoncent dans leur lit ou se cachent les yeux pour retrouver courage ? Elle leur fait donc si peur ? Voulait-on lui faire mal, encore une fois ? Une dernière violence.

Mais elle est venue ! Peut-être est-ce ma propre émotion de la retrouver qui se confond avec sa dure résignation ? En fait, à cet instant, je me projette dans ce que je perçois de son être, dans ce que je ressens de cette âme, dans sa démarche, dans son orgueil, dans cette fierté incomparable. Je m'en fais un exemple. L'attitude des autres - à cet instant ils ne sont plus que les autres car il y a elle et eux - m'irrite et me porte spontanément vers elle.

N'est-ce pas plutôt une colère sourde, rentrée, qui l'anime et sculpte cette silhouette affirmée, ce masque déterminé. Une déesse grecque ou une diva. Peut-être suis-je excessif, ma comparaison déplacée, mais qu'importe. Je choisis le trait qui me plaît. Je la conçois ainsi. Une déesse ! Plus qu'une personne, un personnage, une personnalité, quelqu'un - oui quelqu'un - quelqu'un d'unique passe devant nous, s'éloigne, et semble vouloir se retirer sur la pointe des pieds pour ne pas déranger. Discrète. Je suis le seul à l'avoir embrassée et lui avoir parlé. Son âme, qui m'est si perceptible, fait vibrer l'air qui m'entoure, mes sens éveillés, subjugué que je suis. J'en garde à jamais la mémoire avivée.

Lucienne n'a pas souhaité que Madeleine soit prévenue de son décès qu'elle savait imminent quelques jours plus tôt. Je cherche des explications secourables que je sais hors-sujet cependant. Elle savait que René venait de mourir. Avait-elle encore toute sa conscience quand la mort a frappé celui qu'elle n'aimait pas ? Pour sûr, elle ne l'aimait pas ! Elle ne l'avait jamais aimé... Elle le disait, le répétait. Voulait-elle éviter d'accabler Madeleine à peu de jours de distance - mais on ne peut pas cacher sa propre mort à sa sœur - ou était-elle à jamais prisonnière de leurs confrontations, de vieilles et sordides histoires, d'une morale mortifère ? Lucienne avait fait de Josette, la seconde fille de Madeleine, son héritière.

Mais quelqu'un a informé Madeleine. Et celle-ci est venue à l'église. Si normalement. Elle vit désormais avec la mort pour compagne, la sienne en point de mire. Sa sœur est partie. Son mari l'a quittée. Combien de temps survivra-t-elle encore à toute la haine et toutes les jalousies dont elle fut entourée ?

Je la vois passer et elle me fascine. Que de courage et de détermination dans cette démarche altière ! Une grande dame passe. Ma certitude est là. Elle est belle de toute sa force. Elle a toujours été très belle. Mais à ce moment je la trouve superbe dans son ensemble noir, si fière d'afficher devant tous, médusés, ses quatre-vingt-douze années.

Pourquoi ne pas l'avouer ? Adolescent, j'en fus secrètement amoureux - eh oui ! - en tout bien tout honneur évidemment. Elle était dans sa quarantaine. Mes jeunes élans étaient innocents... et coupables bien sûr, mes coups d'œil ... envieux. Mais j'étais certain, par cette attirance, d'aspirer à la beauté et à la dignité.

A la vie !

Chapitre 2

ELLE EST LA !

Madeleine n'avait donc pas été invitée aux obsèques de sa sœur. Aucune de ses deux filles ne l'avait prévenue du décès. Et surtout pas Josette, géographiquement la plus proche des deux.

Comment était-ce possible ? Comment était-il concevable que Madeleine soit privée d'accompagner Lucienne une dernière fois ?

J'appris cela en arrivant au funérarium et j'en étais courroucé.

Elles étaient là toutes les deux, les deux filles, les deux sœurs, Josette, Marie-Louise, entourées de leur petite famille, présentes depuis tôt le matin. Je voulais voir la défunte encore une dernière fois avant qu'elle nous soit dérobée à jamais. Je l'aimais beaucoup, elle aussi. Nous avions beaucoup parlé ensemble, et souvent de la famille.

J'entendis prononcer mon prénom avant même d'avoir pénétré dans la petite cour. On n'attendait plus que nous pour refermer le cercueil et se diriger vers l'église. Il fallait traverser cette petite cour pour accéder au salon, puis à la pièce où reposait Lucienne. Marie-Louise avait voyagé avec les siens depuis la Savoie. Le voyage s'était accompli de nuit dans la voiture conduite par le fils qui avait peu dormi. Un petit moment sur une aire de repos. Les autres avaient somnolé incapables de fermer l'œil tout à fait. Leurs traits tirés témoignaient de ce voyage de nuit. Ils se tenaient en cercle, soudés les uns aux autres. Tous étaient fatigués.

Nous avions salué tout le monde, embrassé Josette et Marie-Louise, avant de revoir Lucienne pour la dernière fois.

J'avais ensuite échangé quelques mots avec les uns et les autres, certains qui me retrouvaient après m'avoir connu enfant me reconnaissaient bien. C'était bien moi. Je ressemblais à André. Ils se rappelaient.

Mais Josette refuse que l'on dise de sa mère que c'est sa maman. Je l'interroge sur la venue de Madeleine. J'ai prononcé naturellement le mot d'une voix blanche.

« - Ne dis pas ce mot ! Comment appeler « maman » quelqu'un qui nous a abandonnées quand nous avions deux ans. »

Elle me répète l'histoire.

« - Mais c'est ta maman tout de même ! » dis-je presqu'en m'excusant d'avoir prononcé le mot refusé, surpris de la vivacité de sa réplique.

« - N'emploie pas ce mot-là ! »

Je me tais, esquissant dans un rictus un timide sourire, gêné. Je suis si triste qu'il n'y ait pas plus de tendresse et de raison en pareille circonstance. De lourdes portes sont maintenues fermées. Comment peut-on en arriver là ? Un peu d'humanité, juste un peu. Un peu. Aujourd'hui. Rien qu'aujourd'hui. Après, les préventions habituelles pourront reprendre leur cours. Mais aujourd'hui... De quoi ont-ils donc peur tous ceux-là, butés dans leur hostilité à Madeleine ?

Mais moi, je dois faire attention à ce que je dis, être vigilant. Attention à ne pas réagir. Je n'ai pas de leçon à donner. Cette histoire ne me regarde pas directement. Mon point de vue serait déplacé. Je reste sur la réserve. Je ne veux blesser personne. D'autant que cela fait des années que je ne les ai pas vus. Surtout pas aujourd'hui. Mes amères pensées doivent demeurer secrètes. Nous en parlerons après avec ma femme. Ça me soulagera de cette sorte d'oppression ressentie. A ce moment, tout geste affectif, toute parole de compassion, pourraient être interprétés par les filles comme une grossièreté, une attention déplacée, un contre sens. Je me tais. La réprobation, en devenant routinière, a forgé le squelette sur lequel la chair de la haine est venue s'amarrer et croître. Anatomie absurde ! Anatomie de la souffrance qui taraude, dicte les paroles attisées par les jalousies et les malheurs réciproques. Impossible ensuite d'en sortir ! Et le fait est qu'elles n'ont jamais envisagé d'en sortir et n'en sont jamais sorties.

Madeleine savait qu'elle rencontrerait l'hostilité de sa fille Josette, que celle-ci ferait barrage pour qu'elle ne puisse accéder à la défunte, sa propre sœur. Josette ne supporterait pas sa présence. Non, elle ne pourrait pas côtoyer sa mère, la sentir là toute proche, unies toutes les deux dans un chagrin commun ! C'était impensable !

Je cache ma désolation. Comment des adultes qui, au cours des années, ont dû affronter tant d'épreuves, peuvent-ils montrer encore tant de dureté ? N'est-il pas des circonstances qui incitent à se retrouver ? Celles qui entourent une disparition, un deuil, par exemple. Ces déchirures entretenues à vif pendant des années restent incompréhensibles en raison. A la mienne en tout cas. Mais la mort arrive comme la conclusion de la vie. Elle en est tout à la fois la négation et la révélation. Que de souffrances cultivées comme raisons de vivre, de vivre de souffrir, mais également de faire souffrir ! Absurde et authentique pourtant !

Être sûr d'exister parce qu'on souffre atrocement, qu'on ne parle à personne ! Vivre par sa souffrance, la douleur attisée, comme les braises chaque matin, pour relancer le feu. L'affirmation morbide de soi-même comme seul chemin praticable. Comme c'est désolant. Pour moi qui renoue avec la famille en ce jour de deuil, c'est douloureusement incompréhensible. J'aimerais tant que les passions s'apaisent ! Mais la raison s'est perdue, il y a bien longtemps, laissant le terrain libre à tous les ressentiments. C'est ainsi. Je n'ai qu'à en prendre mon parti et ne rien dire !

Josette et Marie-Louise n'auront entendu qu'un seul point de vue tout au long de leur vie. Elles auront assouvi la détresse de ceux qui s'étaient égarés de colère et de dépit. Elles sont prisonnières à jamais de la culpabilité dénoncée de leur mère, devenue aussi la leur, celle dans laquelle elles se trouvent enfermées. Je dois admettre que le moment serait bien mal choisi pour prétendre soigner les blessures. Les stigmates sont à vif malgré les années passées. La haine affleure toujours. Je n'ai pas d'autre mot.

Dans ces conditions, il était mieux en effet que Madeleine ne vienne pas se frotter à ses filles en ce lieu si étroit qu'est le funérarium. C'eût été un moment doublement pénible pour ceux qui étaient réunis là. Un moment de tension sourde, inutile, vécu comme une provocation. Sauf par moi qui aimerait tant la rencontrer.

Mais Madeleine n'y a jamais songé.

A ce moment je ne sais pas qu'elle est tout de même venue et que bientôt je vais la retrouver.

Oh ! Je ne suis pas surpris par cette ambiance. Je m'y attendais, bien que j'en aie de la peine. J'en reste profondément meurtri, affecté. Je reconnais la famille sous son plus mauvais jour, ses querelles recuites : on passe son temps à se fâcher, à ne plus se parler, on ressasse et on a tant de mal à se rabibocher. Univers campagnard. Je n'y peux rien. Je ne referai pas l'histoire. Lucienne n'a rien fait pour que le rassemblement s'opère autour de sa dépouille. C'est comme ça. Madeleine a dû prendre seule la décision d'être présente à la cérémonie religieuse, et seulement à la cérémonie religieuse. Physiquement présente parce que dans la part sombre, la part hivernale de bien des esprits, elle a trouvé refuge depuis belle lurette.

Et pourtant je me souviens.

Il y avait deux ans à peine de cela. Elle était si heureuse Lucienne quand je l'avais amenée déjeuner le midi chez Madeleine et René. Je l'avais assise à côté de moi qui conduisais. Pour l'occasion, ma femme avait pris place à l'arrière dans la voiture. Je la sentais contente, ma tante, de rendre cette visite avant de disparaître. Elle y tenait. Elle devait accomplir cet acte de retrouvailles. Elle m'avait demandé de l'aider à réaliser cette promesse intime :

« - Quand tu reviendras la prochaine fois j'aimerais que tu m'amènes chez Madeleine, que je la vois avant de disparaître. Je l'appellerai pour la prévenir. »

Elle s'était fait cette promesse et ma présence la rendait possible, effective. Avec la voiture c'était un tout petit voyage qu'elle, toute seule, ne pouvait toutefois accomplir bien qu'elle conduisît encore.

Elle avait appelé Madeleine pour la prévenir de notre visite.

J'avais joint ma promesse à la sienne, heureux à mon tour de revoir celle-ci après bien des années.

Nous avions donc ensemble accompli le petit voyage pour aller chez Madeleine et René. Elle nous avait indiqué le chemin qu'elle n'avait en fait jamais oublié.

« - C'est là dans le virage. Regarde, elle nous attend ! »

Je reconnus immédiatement Madeleine solidement plantée sur ses deux jambes dans la descente du garage. René arriva après.

Les deux sœurs étaient tombées dans les bras l'une de l'autre pour un temps infini. Statues confondues si longtemps immobiles, les corps au contact en une forme unique. Leurs émotions se mélangeaient comme les eaux de deux océans voisins. Comme elles paraissaient heureuses de se retrouver, s'écartant après cette longue accolade pour s'admirer l'une l'autre d'être aussi bien mises, aussi élégantes ! Madeleine finit par enlever le tablier qu'elle avait gardé. Lucienne s'était faite belle pour retrouver sa sœur qu'elle n'avait pas vue depuis quelques années. Madeleine et René ne se déplaçaient pratiquement plus. René venait d'être très malade et avait subi une opération lourde. Lucienne avait recouvert ses épaules d'un superbe foulard de soie aux couleurs chatoyantes. Chacune avait sa beauté bien qu'elles fussent si différentes physiquement : l'une grande, l'autre boulotte.

Mais à l'heure fatidique… Elle a transmis la consigne de ne pas informer Madeleine.

C'est ce que disent ceux qui l'ont accompagnée jusqu'au dernier moment. Il faut les croire. Je les crois…

Madeleine est là ! La rumeur chemine, colportée en sourdine, quand nous abandonnons les voitures et nous dirigeons vers l'église, marchant en file indienne sur le trottoir étroit.

Je m'arrête à sa hauteur. Je l'ai tout de suite reconnue à travers la vitre de la voiture en stationnement que l'on m'a indiquée.

« - Tiens, regarde, c'est Madeleine ! »

Avec mon index replié j'ai frappé doucement sur la vitre pour attirer son attention. Elle a tourné la tête et m'a reconnu, elle aussi. Elle est encore assise, demeurée sagement à attendre le moment où elle pourrait se diriger vers l'église. Elle guettait l'arrivée du corbillard, observant le passage des personnes endeuillées, attendant que le cortège prenne forme sur la petite place. Son fils aîné, Jean-Marc, l'a conduite jusqu'ici. Elle a eu deux garçons avec René, Jean-Marc et Gilbert. C'est Jean-Marc qui est avec elle. Elle s'est fâchée avec Gilbert. Je ne sais pas pourquoi. Elle était fière de lui pourtant. Une affaire de drogue m'a-t-on dit...

Elle me sourit et ouvre la portière.

« - Michel ! » dit-elle avec un vrai bonheur de pouvoir m'embrasser quand je la serre dans mes bras. Longtemps nous nous tenons, la main dans la main.

« - Michel ! » répète-t-elle.

J'ai le sentiment qu'elle ne veut plus me lâcher. Elle s'est rassise. Ma main est posée sur le haut de la portière ouverte. Sa main recouvre la mienne qu'elle retient prisonnière. Elle semble vouloir se raccrocher à moi quand les autres l'ignorent. Ma main est une bouée. Elle m'aime et elle sait que je l'aime beaucoup depuis l'enfance. Je n'ai jamais adhéré à la rumeur commune, surchargée de passions, toujours excessive dans son récit. Je romps son isolement dans cette ambiance plombée. Elle avait attendu jusque-là sans sortir de la voiture, pudique, discrète. Elle n'est pas là pour provoquer, elle est venue par amour et par humanité, par devoir aussi selon sa conception. On ne peut pas lui interdire d'accompagner sa sœur une dernière fois. Ce serait inhumain. Sans le savoir, sans aller toutefois jusqu'à l'incident d'un face à face tendu, sans aller à l'encontre du vœu de Lucienne, elle sauve le cœur buté de ses filles. Et c'est bien mieux ainsi. Elle est là !

Seule la rumeur avait averti la petite foule de sa présence, reprenant comme un slogan risqué :

«- Madeleine est là !... Madeleine est là !...»

Mais personne ne lui avait encore adressé la parole.

J'observe les deux filles, les deux sœurs, qui ne laissent rien passer de leur ressentiment, gardant un regard neutre. On les a averties juste avant qu'elles n'accèdent à la place où sont rassemblés les participants à la cérémonie religieuse. Elles ne font aucun mouvement vers leur mère et se contentent de répéter, elles aussi :

« - Madeleine est là. »

J'en suis heureux et soulagé. Madeleine est là.

Elle rentrera la dernière dans l'église appuyée au bras de Jean-Marc. Non, elle n'est pas là pour déranger mais pour accompagner sa petite sœur dans un ultime geste d'amour et de recueillement.

Elle passera la dernière se signer devant le cercueil.

Toute l'assemblée la voit à ce moment précis.

Chapitre 3

BONNE ECOLIERE

Elle aurait aimé être institutrice. Je l'ai toujours connue femme de ménage.

Elle était tout à la fois gardienne et femme de ménage dans l'entreprise de travaux publics où René était employé comme chef de chantier. Ils occupaient un logement de fonction mis à leur disposition. Ils avaient une bonne place comme on disait alors.

Je la revois.

C'est la fin de l'après-midi. Les bureaux se sont vidés. Les camions et les toupies revenus de différents chantiers sont rangés sous leur hangar, abandonnés par les chauffeurs et les ouvriers rentrés chez eux. Nous sommes à présent les seuls occupants de ces vastes lieux déserts. Les madriers empilés, les planches en bascule, les échafaudages démontés, les seaux côtoyant les cordes, les machines diverses vont constituer un terrain labyrinthique idéal pour un jeu d'aventures imaginaires avec mes cousins. Nous avons entrepris notre partie de cache-cache. Nous sommes heureux de nous poursuivre armés d'épées factices pour une épopée joyeuse.

Elle doit nettoyer comme chaque soir de la semaine les bureaux de la direction et celui, immense, des dessinateurs industriels. Quittant le logement, il faut traverser la vaste cour, laisser le dépôt de matériel à main gauche - là où nous jouons avec mes cousins - pour accéder à cet autre corps de bâtiment où se situent ces bureaux. Je l'aperçois descendant les marches qui conduisent à la cour, un seau rempli d'eau dans une main, un balai dans l'autre. J'ai interrompu mes jeux et je cours vers elle.

« - Je peux venir avec toi pour voir les grands bureaux ?

- Bien sûr, si tu veux ! »

Il y a longtemps que cela n'intéresse plus les cousins. Mais moi, je suis curieux. Ce sont eux qui ont attiré mon attention sur le grand bureau des dessinateurs industriels, avec ses chevalets et ses tables à dessin. C'est encore eux qui en ont fait un lieu de mystère qui avive ma curiosité. Je crois apercevoir une forêt intérieure avec ses arbres étranges. Je vais pouvoir m'y perdre, peut-être !

J'entends profiter de l'occasion pour découvrir ce monde insolite. Je n'ai jamais mis les pieds dans des lieux pareils.

Je l'ai accompagnée.

Elle a passé le balai partout, dans les moindres recoins. Elle entreprend de laver le sol avec une serpillère. Je la suis des yeux tout en effleurant parfois le plateau incliné d'une grande planche à dessin d'où partent les branches articulées de bras géométriques.

« - Surtout, tu ne touches à rien. »

Elle se met à quatre pattes attirant mon regard gêné. Je regarde cependant… Elle passe la serpillère en tous sens, la frotte sur le sol carrelé, insistant là où des taches résistent, sous les chevalets précisément. Elle est toujours à quatre pattes. Ma pensée est ailleurs, confusément coupable. Je me sens impudique, et… privilégié malgré tout. Je ressens quelque chose de nouveau, une sensation étrange. Comme des picotements. Je regarde, fasciné, ces rondeurs mouvantes dont le va et vient accompagne l'arc dessiné par la main qui guide la serpillère dans son aller retour.

Je n'avais jamais ressenti ce que je viens d'éprouver.

Je venais d'avoir quatorze ans. La bicyclette neuve qui m'avait été offerte pour ma réussite au certificat d'études primaires m'avait amené jusque chez elle. Je voulais lui rendre visite, revoir mes cousins. J'avais gardé un très bon souvenir d'une sortie, un dimanche - toute la famille, parents, enfants, s'était entassée dans la voiture pour faire le voyage jusqu'à Angoulême et nous étions tous allés nous promener dans la campagne proche après déjeuner - sur le plateau calcaire angoumois où ceux-ci m'avaient fait découvrir des grottes et les chauves-souris qui les habitaient, chauves-souris dont j'ignorais jusque-là l'existence. Elles demeuraient pendues au plafond, la tête en bas, les ailes repliées. Quand elles les entrouvraient, le squelette saillant de leurs ailes faisait penser aux baleines de parapluie.

Les grottes avaient servi de planques d'armes pendant la guerre. On avait joué à se faire peur.

C'était l'année 1960. Les vacances scolaires de 1960. J'avais gagné le droit de réaliser seul un grand périple avec mon beau vélo mi-course. J'aimais cette solitude voyageuse et les efforts qu'elle exigeait. J'étais parvenu à mon but.

Et là, dans cette pièce immense pour moi, je la regardais accomplir sa tâche journalière, son travail habituel, sans se préoccuper de moi et du désir confus qui m'assaillait.

Avant, bien avant, quand elle était enfant, quand elle travaillait bien à l'école, chaque fois qu'elle pouvait s'y rendre, elle était surtout la fille aînée valide des fermiers qui l'employaient pour aller aux champs, pour garder les vaches, pour faire le jardin, pour arracher l'herbe, pour accomplir des tâches ménagères, s'occuper de la basse-cour : ses parents, son père surtout, Alfred, qui la terrorisait comme il terrorisait tout le monde ! Elle avait dû quitter l'école bien avant le certificat d'études primaires, elle ! Les temps étaient durs et la vie difficile à gagner. Elle ne se donnait pas facilement, la vie. Il fallait la forcer et la tenir serrée. La misère pour ceux-là, tributaires des saisons, du temps, et du cours des marchés, n'était jamais bien loin. Les propriétaires ne faisaient pas crédit. L'épicier pouvait perdre patience. Eux, qui vendaient leur vie avec leur travail, n'avaient que leurs bras noueux et le cœur asséché. Les cris, les hurlements et plus souvent les coups, tenaient lieu de dialogue. Les décisions du père étaient indiscutables. C'était comme ça et pas autrement.

« - Si ça te plaît pas, va voir ailleurs ! »

La sentence tombait. Le silence s'installait.

Pour sa famille, il se faisait tyran de droit divin, roi sans trône ni sceptre, n'ayant de compte à rendre qu'aux us coutumiers prétendument éternels puisque de tous temps les hommes avaient le devoir de commander. De ce devoir, ils tenaient leur pouvoir. Sans ça ils n'étaient plus des hommes capables de se faire respecter. Le foyer constituait l'espace de ce pouvoir, de son pouvoir, de sa puissance affirmée, une parenthèse dans sa subordination habituelle au dehors.

« - Ici, c'est moi qui commande ! »

Les animaux valaient plus que les femmes dans cette Vendée où l'on chantait :

« J'aime Jeanne ma femme ; Eh bien ! J'aimerai mieux la voir mourir Que de voir mourir mes bœufs. »

Voilà ce que chantaient les hommes comme une liturgie évidente. Les bœufs comptaient plus que les femmes ! Sans les bœufs, impossible de travailler la terre, de se déplacer. Les femmes, elles, occupaient le plus bas de l'échelle des vivants de cette société paysanne, juste avant les oiseaux et les insectes peut-être, pas encore minérales dans ce monde lunaire, mais humbles poussières par obligation. Outre tout le travail à fournir, leur fonction assignée était de donner naissance, de reproduire les forces du travail fermier, d'élever les nombreux enfants, après s'être livrées aux hommes dont elles étaient les objets soumis. Bénies par l'Eglise en échange. Leur parole ne comptait guère et se muait bien trop souvent en plaintes inaudibles car trop peu écoutées. La métaphore animalière faisait référence. La loi non écrite du plus fort prévalait. La loi de la sélection naturelle. La loi de la nature qui voulait qu'on la force pour mieux la posséder. Nature d'abord hostile aux hommes, rebelle et broussailleuse, avant de devenir généreuse et féconde, le climat aidant, les bonnes années. Une nature riche d'avatars, d'impromptus redoutables, qui demandait à tous de faire leurs preuves d'amants irréfragables s'ils voulaient y gagner leur place. La terre détenait soi-disant la vérité. Des bêtes provenaient et l'argent et la chair de la vie, la nourriture. Sans les bêtes, chevaux, porcs, vaches, bœufs, canards, poules et poulets, lapins, chèvres, point de repas possibles de quelque manière qu'on abordât le sujet, pas d'argent au foyer. Juste après Dieu venaient les bêtes, ensuite les hommes, enfin les femmes qui savaient par avance ce qu'elles devraient souffrir de cette relégation.

La mort était généreuse aussi. Menace omniprésente, elle savait sans aucun égard manier sa faux dispendieuse, trop souvent la vie à peine ébauchée. Chaque enfant vivant était le substitut d'un mort. Et, sur ce front acharné, les femmes et les enfants payaient le principal tribut, en dehors de la guerre.

« - On dirait ben qu't'es grosse ? T'es t'y encore enceinte ?

- Ben oui. Tu vois bien. Peux pas l'empêcher ! »

La guerre, c'était encore une autre histoire, une histoire d'hommes, d'hommes à hommes. La géographie changeait tout d'un coup d'échelle. Les frontières habituelles s'en trouvaient repoussées. On allait voir du pays et en finir au plus vite. On avait fini par le croire au mois d'Août 1914.

Madeleine naquit en 1916.

Elle vient au monde quand Alfred, mobilisé à l'arsenal de Rochefort, s'est retrouvé séparé d'Adrienne. La guerre avait entrepris sa grande lessive, sa grande cassure, ses grands chambardements. Bien que loin du front, Alfred, déjà âgé de trente et un ans et père de famille d'une enfant handicapée, avait été mobilisé à l'arsenal. Aucune famille n'échappait aux séparations. Tous les villages s'étaient vidés de leurs hommes. Restaient les femmes, les enfants et les vieillards. Les femmes devenaient par nécessité chefs de famille et source principale des revenus qui assuraient la subsistance, la survivance. Jusqu'à ce moment, leur vie sexuelle était livrée aux occasions ou à la violence masculine, sous le regard inquisiteur du ciel qui les donnait coupables par principe de leur putatif pouvoir de séduction, de leur quête soupçonnée de plaisir. Elles passaient à confesse pour excuser leurs faiblesses même quand celles-ci n'allaient pas au-delà de quelques pensées légères immédiatement réprimées. Le rêve était une vertu bourgeoise, un luxe de midinette. L'amour ? Un bien gros mot !

Bien souvent le père décidait pour sa fille du gendre qu'il s'accordait. Il le repérait, jamais bien loin de ses connaissances. Ça devait être un gars du coin ! Il fallait poursuivre fidèlement l'œuvre entamée par les ancêtres, penser à la terre qui imposait sa loi, agrandir les domaines. La vie ici se vivait à l'état brut, et les sentiments ne pouvaient naître que par surprise ou par la force de l'habitude, là où ils n'avaient encore jamais trouvé terrain favorable ou une occasion propice. L'horrible guerre fournit l'occasion aux femmes de découvrir cette part d'humanité dont, le plus souvent, jusque-là elles avaient été privées. Utiles socialement, elles se découvraient dans le même temps, sujettes d'elles-mêmes, maîtresses de leurs actes. Quelque part la guerre les faisait plus libres. Il fallait bien vivre et nourrir les siens !

Adrienne s'était donc retrouvée seule à la ferme, avec Marie, la fille aînée handicapée, née au mois d'Août 1914. Elle était jeune femme encore, vingt et un ans au début de la guerre. Belle femme aussi. L'année suivante, des officiers du régiment des chasseurs alpins avaient fait halte à la ferme et s'étaient approvisionnés. Allez savoir comment ils s'étaient retrouvés là ! Elle les avait hébergés. Ils repartaient le surlendemain. Il y en avait un qui lui plaisait bien. Grand et beau gars ! Belle prestance. Il l'avait regardée. C'était la première fois qu'elle croisait le regard du désir. Jamais Alfred ne l'avait regardée ainsi.

Alfred, lui, était plus âgé qu'elle de dix années. Elle était surtout plus instruite que lui, demeuré analphabète. Ce mariage lui avait été imposé à Adrienne. C'était un arrangement de sa famille. Il y avait un quasi vieux garçon à caser dans le village, pas loin de la trentaine déjà. On l'avait mariée à Alfred. Ça se passait en Vendée, là où Alfred avait sa famille, à Bourneau. Les mariages d'amour étaient réservés à ces feignants de la ville. Elle s'était très vite retrouvée enceinte mais le bébé n'était pas arrivé à terme. Premier mort en couche d'une longue série de grossesses. Elle devait se soumettre au désir brutal d'Alfred qui ne possédait qu'elle. Adrienne était sa femme ! Sa femme ! Celle qui le faisait propriétaire de quelque chose.

Alfred était un homme violent. Il buvait comme tous buvaient dans ce coin de Vendée. Peut-être même buvait-il un peu plus que les autres. Les effets du vin de Noah avaient commencé à saper la falaise friable de sa raison. Tôt le matin il avait besoin de boire et se rendait au cellier. Il dénichait une bouteille et l'ouvrait fiévreusement. La journée commençait.

Adrienne savait si peu de choses d'Alfred quand on les avait mariés. Maintenant, avec le temps, une sourde oppression s'emparait d'elle chaque jour. La peur venait se loger dans son ventre et y tresser des nœuds serrés. Elle subissait son sort comme un enfermement, sans échappée possible.

C'est alors que la grande Histoire vint à son secours, le temps d'une éclaircie, lors d'une nuit profonde. Un de ces moments à ne pas laisser échapper, à attraper par les cheveux, à tenir fort dans ses bras. Un de ces moments à dévorer comme une affamée. Adrienne avait dû saisir sa chance...

Tous en étaient persuadés dans le village et la rumeur avait fait son chemin : il s'était passé quelque chose quand Alfred n'était pas là. La preuve c'était Madeleine.

Lors de cette nuit des chasseurs alpins, au début de la guerre, Adrienne avait eu une aventure, certainement, pour que sa fille vînt au monde en cette année 1916. On le subodora, on le chuchota, puis on put l'affirmer quand Madeleine grandit.

C'était une belle fille élancée, à la taille marquée, qui n'avait rien de la corpulence du père, court sur jambes, large d'épaules.

Plus tard, elle ne ressemblait pas à Lucienne non plus. De sorte que chacun cherchait de qui elle tenait. Pas d'Alfred, c'était certain. Et la mémoire revenait.

Lucienne, quant à elle, c'était différent. Conçue au printemps 1918, née en janvier 1919 près de Rochefort, elle était toute ronde, les joues bien pleines. Alfred avait demandé à Adrienne de se rapprocher de l'arsenal où il était toujours mobilisé. La guerre faisait rage dans le Nord du pays, mais depuis que les Américains s'étaient engagés dans le conflit on pouvait supposer que la fin des hostilités approchait. C'est ce qu'Alfred avait entendu dire. Il y croyait d'autant plus que les Américains étaient nombreux dans la région. Certains venaient se ravitailler en munitions à l'arsenal. Il en avait croisés. Débarqués à Bordeaux, ils remontaient vers les champs de bataille de Picardie et de la Marne. Adrienne avait donc accompli le voyage pour le retrouver. Lucienne était née de ce rendez-vous. Aucun doute n'était possible. Pour Alfred et Adrienne, elle incarnait, en quelque sorte, l'espoir d'une paix promise.

On disait les deux sœurs aux antipodes. Elles faisaient l'expérience de leurs différences dans leur vie partagée et le regard scrutateur des autres.

Jusqu'où Alfred avait-il deviné la faute de sa femme ? Cet accroc, l'avait-il déduit par lui-même? S'était-il laissé submerger par l'aigreur fielleuse de la rumeur publique ? En avait-il fait ouvertement reproche à sa femme ? La naissance de Lucienne devait corriger le mauvais pas et rétablir son autorité orgueilleuse, bafouée, bien qu'il eût préféré un garçon. C'était son intention quand il avait fait venir sa femme près de Rochefort. Il était animé d'une colère sourde et durable ! Mais jamais il ne dit rien à Madeleine qu'il éleva comme sa fille. Tout demeura entre Adrienne et lui.

Madeleine côtoya les animaux de la ferme dès la plus tendre enfance. La ferme était son univers. Elle accompagnait sa mère, parfois son père, derrière le troupeau qu'on emmenait paître chaque matin avant de le ramener le soir pour la traite. Parfois, aux beaux jours, c'était au champ que l'on trayait les vaches. Madeleine prenait place sur le petit tabouret, nettoyait les mamelles avec un peu d'eau et, la tête appuyée sur le ventre de la bête, faisait gicler le lait dans un seau calé entre ses genoux par une pression habile sur les pis, une main puis l'autre.

Armée d'un long bâton dont elle tapait si nécessaire le cul de ses bêtes, elle restait là à les contempler, à observer les corbeaux et les pies, les bouviers qui picoraient les bouses, à s'emplir les poumons des exhalaisons de la campagne, à regarder les pâquerettes ou les coquelicots, les fleurs de pissenlit, au printemps. Parfois elle se prenait à rêver. Et la nature lui offrait pour décor une certaine harmonie, un temps de sérénité précaire, un moment de paix dérobée. Madeleine était sur pied depuis six heures du matin. Le coq avait chanté. Elle devait nourrir poules et canards, donner l'herbe aux lapins. Quand elle put aller à l'école, ce fut pour elle un vrai bonheur. Elle apprenait bien et possédait une excellente mémoire. Elle était attentive et appliquée. Mais elle retrouvait son institutrice essentiellement l'hiver quand les animaux étaient parqués et que les champs étaient en labours ou en semailles. A l'automne et au printemps, comme en été, Madeleine, bien qu'encore enfant, devait donner de son temps, de sa présence pour décharger Alfred et sa femme, grâce aux tâches qu'elle accomplissait. Les activités à la ferme prenaient le pas sur tout le reste. Elle était redevable d'être venue à la vie. Toute bouche à nourrir devait contribuer aux rentrées du ménage.

Elle alla donc peu souvent à l'école. Mais chaque fois qu'elle y retournait, elle montrait des dispositions exceptionnelles et se classait première de la classe commune. Au point que l'institutrice, avec la connivence de la mère, dans l'ignorance d'Alfred qui ne l'aurait pas supporté, donnait à la gamine des exercices à faire qu'elle accomplissait le soir à la lumière de la bougie. Elle en était heureuse, Madeleine, de ces devoirs secrets dont se nourrissait son imagination. L'institutrice maintenait l'espoir de la voir scolarisée plus régulièrement.

Et quand après de longues semaines d'absence Madeleine retrouvait le chemin de l'école, elle refaisait rapidement son retard, sa mémoire n'avait pas son équivalent dans la classe. Il lui suffisait de lire une fois la leçon pour la connaître par cœur. Et les récitations !... A nouveau, elle était première. Elle était fière. Elle aimait l'école. Elle aimait apprendre. Elle aurait tant voulu en faire son métier dans ses rêves d'enfant.

Ce n'était pas comme Lucienne qui présentait moins de dispositions. Elle-même disait qu'elle était première quand les autres étaient absents, exprimant aussi par une boutade et avec cette fausse ironie leur différence profonde et ses complexes vis-à-vis de Madeleine.

Mais à nouveau, après quelques semaines heureuses passées à l'école, Madeleine devait reprendre le chemin des prés ou rester à la ferme accomplir les tâches ménagères. Elle apprit à supporter ses frustrations comme une fatalité. Plus fortes que ses désirs, s'imposaient l'autorité du père et une loi supérieure indiscutable, nappe épaisse de brouillard bouchant tout horizon. Elle dut se faire à l'idée qu'elle ne serait jamais institutrice. Mais le désir était là, niché pour une vie entière.

« - Tu sais, j'aurais voulu être institutrice. J'apprenais bien. »

Elle s'adresse à moi. Et Lucienne qui se souvient, acquiesce. René écoute sa femme et laisse percevoir sa fierté. Lucienne éprouve le besoin de raconter comment, à elle, il lui arrivait d'être la première de sa classe.

« - J'écoutais la maîtresse et à la fin de la leçon je pouvais répéter tout ce qu'elle avait dit ! » Madeleine a ce dernier mot qui doit conforter chez moi l'image de la bonne élève qu'elle était. Les embrassades de l'accueil sont terminées, on s'est extasiés devant les parterres de fleurs, Madeleine a montré le chemin, j'ai revu la vieille 4CV dans le garage, un bijou - « tout le monde dit qu'elle a beaucoup de valeur mais aucun ne propose un prix ! » s'est exclamé René - et nous sommes maintenant attablés - Madeleine en bout de table - prenant l'apéritif des retrouvailles. Les sœurs referont leur histoire le temps de ce repas. Nous sommes là pour accompagner.

Pour Alfred, dans ce monde paysan, l'univers était facilement lisible. Il se partageait entre ceux qui travaillaient à la ferme, souffraient de ce travail avare et les autres, les fainéants. Ces autres qui pouvaient inclure sa femme, ses propres enfants qu'il exhortait en braillant dès le matin. Le monde était binaire en toute chose, comme mâles et femelles, hommes et femmes, creux et bosses, propre et sale. La dualité formait l'unité du tout comme se répartissaient les patrons, les possédants, les riches, et ceux qui livraient avec leurs bras et leurs corps, leurs vies. La dureté était une vertu inhérente à cette vie et elle s'appliquait d'abord à soi-même, les autres, sur ce plan-là, n'étant qu'une extension de soi.

Qu'est-ce qu'une fille pourrait bien faire d'être instruite ? Pourquoi chercherait-elle à s'élever ? S'élever, c'était fuir ! En s'écartant de leur destin, elle trahirait ses origines ! Institutrice ? Quelle idée ! Où avait-elle été pêcher une pareille sottise ? C'était encore sa mère et l'institutrice qui lui avaient mis ça dans la tête ! Pourquoi envisager l'impensable ? Ils n'étaient pas assez beaux pour elle ?

« - Institutrice ! Je t'en ficherai moi de l'institutrice ! C'est aux champs qu'on a besoin de toi ! Et puis les études, ça coûte ! »

Avait-elle honte d'enfiler ses bas de laine, de chausser des bottes ou des sabots, de se couvrir de sa cape usagée ? La ferme, c'était pas assez beau ? Son père continuait de la harceler de sa litanie de reproches.

Assez ! Elle en avait assez entendu.

Elle se prenait la tête à deux mains et disparaissait dans sa chambre pour ne plus l'entendre vociférer. Elle pleurait.

Les sales réflexions n'étaient jamais bien loin, lames acérées lancées vicieusement pour atteindre et blesser. Il fallait casser avant qu'il soit trop tard ces espérances absurdes. Eructées, chargées de méchanceté, ces paroles acides étaient destinées à la faire souffrir et à la culpabiliser. A lui faire rentrer ses idées insensées ! Qu'elle ne s'avise plus d'en parler ! Qu'elle renonce. Elle n'avait que ça à faire et aucun espoir à nourrir. Il se chargerait de le lui rappeler.

Mais sans qu'il le sût, ces paroles venimeuses transperçaient en même temps le cœur rongé de celui qui ne savait pas parler autrement et pouvait reconnaître que c'était l'argent qui manquait le plus. Le cœur de celui qui n'envisageait pas que ses enfants puissent faire autre chose que ce qui avait constitué toute sa vie. Ces paroles le maintenaient hermétiquement enfermé dans l'enclos d'une existence ravagée.

Chapitre 4

UN DRAME

En juin 1923, Adrienne donna à Alfred son premier enfant mâle. Deux nouvelles grossesses avortées avaient précédé cette naissance. On le prénomma André Alfred pour bien marquer la filiation. Il était le fils de son père ! Le hasard avait opéré selon les vœux les plus profonds d'Alfred : engendrer un fils, son fils. La famille était encore à Bourneau. Toute juste sortie des couches, Adrienne dut reprendre une partie de ses tâches habituelles. L'accouchement n'était qu'une parenthèse dans une vie de labeur et de soumission, un travail parmi d'autres. Pas question de s'arrêter pour ça ! D'ailleurs l'autre beuglait déjà. « Ces fainéantes ! » gueulait-il sans cesse, ajoutant ses vociférations d'ivrogne aux pleurs du petit.

« - C'est pas moi qui vais faire ton ménage ! »

Il ne pouvait être question de se reposer et Adrienne cherchait à éviter les insultes qui l'épuisaient plus que tout.

Cette naissance d'André fut donc une joie pour Alfred. Sa virilité se trouva exaltée par ce nourrisson mâle.

« - Vous avez vu ce que je sais faire ! »

Il ne savait pas exprimer autrement sa fierté. Il le voulait. Il l'attendait. Un garçon, son garçon ! Son fils, son double. Dans ses moments de lucidité, il pouvait être gagné d'une tendresse qui surprenait au point d'inquiéter.

« - Qu'est-ce qu'il a aujourd'hui ? C'est bien trop beau. Ça va point durer ! »

Quand il se montrait plus humain, son entourage restait suspendu, attendant le retour du visage connu. Car lui-même ne se reconnaissait pas durablement dans ces élans de gentillesse. Il y perdait vite pied.

Adrienne une fois de plus était épuisée. Comment ne l'eût-elle pas été après toutes ces grossesses ! La souffrance laissait Alfred indifférent quand elle n'attisait pas son agressivité. Qu'est-ce qu'elle avait à se plaindre toujours ?

« - T'es tout le temps en train de gémir ! »

Il finissait par ne rien supporter. Adrienne en arriva à le honnir.

De toute façon, le plus souvent, il était ivre et ses paroles étaient portées par une voix éraillée, chargée d'une brutalité inouïe. Il vomissait les mots plus qu'il ne les prononçait, la conscience évanouie, l'œil perdu.

C'était le lot des femmes que de tomber enceintes et de faire des enfants. Les hommes étaient privés de ce pouvoir. Ce n'était pas dans la nature que les hommes portent les enfants, que le cheval porte le poulain. C'était en soi un privilège qui n'appartenait qu'aux femmes. Et Dieu était convoqué pour rappeler la souffrance nécessaire à la venue au monde. Tu enfanteras dans la douleur. Elles n'avaient pas à se plaindre sauf à blasphémer le Seigneur. Qu'elles se débrouillent avec les mômes ! Leur privilège, ce privilège d'enfanter, c'était même la condition irrévocable pour que la société se reproduise, une société qui demandait des bras et se fichait pas mal des sentiments. Les hommes attendaient que le muscle se forme, que les garçons grandissent et que les filles soient bonnes à engrosser, qu'une nouvelle aide puisse s'adjoindre aux adultes et remplacer les vieux, usés. Ils faisaient l'essentiel : ils abandonnaient leur semence pour que le germe prenne. Sans eux les femmes seraient stériles. C'étaient donc d'eux que provenait la source essentielle de la vie. Une fois éjaculé, ils avaient fait leur devoir. Ils pouvaient se retourner, face contre le mur pour dormir. Ronfler. Le ventre des femmes était comme la terre. Il méritait d'être défriché et entretenu pour devenir fécond. Sinon, s'il ne donnait rien, il servait à pas grand-chose. Ce ventre appartenait aux hommes plus qu'à leur femme une fois le mariage consommé. Il appartenait aussi à l'Eglise qui dévidait ses prêches pour chasser le plaisir. La sexualité acceptée ne pouvait qu'être utile à la communauté. Pour elles, les femmes, le privilège de l'enfantement, de sacerdoce se transformait en esclavage.

Alfred ne s'arrêta pas pour autant de boire. Bien au contraire. Avec un garçon il était encore plus viril et plus inaccessible à la moindre remarque. Il avait pour lui la raison d'être un homme. Il se croyait vengé de ses humiliations. Mais ses rapports avec Adrienne étaient chaque jour plus tumultueux.

Les années trente ne laisseraient pas indemne le bocage vendéen.

Les caractères déraillaient un peu plus sur fond de difficultés économiques croissantes. Partout s'exprimait la misère quand les topinambours et les rutabagas devinrent des plats rituels. Il était de plus en plus difficile de rémunérer justement le fermage. Tout se vendait plus mal et les prix s'effondraient. Des propriétaires durent se séparer de leurs terres et abandonner leurs fermiers qui devraient chercher ailleurs des champs à cultiver, des troupeaux à garder, des vaches à traire.

Il y avait cinq bouches à nourrir plus Marie livrée à l'assistance. Madeleine pourrait bientôt trouver à s'employer chez des patrons. Elle avait l'âge. Elle approchait le moment de fréquenter. Alfred ne manquait pas de le lui rappeler. Mais toute à son travail auprès de sa mère elle n'avait guère le loisir de sortir beaucoup. Elle se sentait toujours un peu coupable de s'amuser.

« - T'as pas mieux à faire que d'gigoter ? »

Un drame décida de la suite. C'était l'hiver. Lucienne rentrait de l'école quand elle aperçut de la fumée qui sortait par la porte de la grande pièce commune de leur bourrine. Elle accéléra le pas, franchit le seuil de la porte, pénétra dans la pièce enfumée. La cheminée avait dû se boucher interdisant au feu de flamber et à la fumée de s'échapper. Ça arrivait parfois à cause des nids d'oiseaux. Celle-ci avait refoulé et formait à présent un épais brouillard qui remplissait la pièce et la fit suffoquer. Elle plaça son écharpe sur son nez pour éviter de s'asphyxier elle-même. On ne voyait pratiquement plus rien dans la pièce. Cela devait faire un moment que le feu s'était étouffé pour qu'on y voie si peu. Il n'y avait apparemment personne.

La petite prit peur face à cet âcre nuage. Elle ressortit en criant au secours et en rameutant le village. Quelqu'un partit prévenir Adrienne qui se trouvait avec Madeleine et le petit André à garder les vaches à plus d'un kilomètre. Lucienne suivit affolée.

Des voisins avaient entendu ses cris et arrivaient à présent. Personne n'avait vu Alfred. Lucienne revint en courant, toujours son sac d'école au bout du bras. Elle devançait Adrienne et Madeleine qui portait André sur son dos. Elle appela Marthe :

« - Marthe ! Marthe ! Où tu es ? Maaaarthe ! »

Marthe était une brave fille, peu instruite mais pas méchante, la fille de voisins qui voulait bien aider en échange de quelques sous. Elle avait la garde du dernier né après André. Elle aidait Adrienne qui ne pouvait faire face à tous les travaux que lui imposaient la ferme et le ménage, l'élevage des petits.

Mais Marthe ne répondait pas.

Lucienne poussa un long cri que reprendrait bientôt Adrienne puis Madeleine en pénétrant dans la maison. André pleurerait de les voir toutes en larmes et à crier.

Adrienne le confia à une voisine et l'écarta du spectacle morbide.

Le couffin du petit dernier était demeuré près de la cheminée et la chaise sur laquelle Marthe s'asseyait pour poursuivre son ouvrage tout en surveillant le petit était vide. Lucienne s'approcha. Ses yeux s'exorbitèrent et de sa bouche ronde sortit un long cri sans fin, celui d'une bête blessée, quand elle découvrit l'enfant bleu par l'oxyde de carbone, asphyxié, immobile dans son couffin. Mort ! Le couffin et l'enfant avaient été abandonnés à côté de la cheminée.

« - Marthe ! Marthe ! Mais où peut-elle bien s'être fourrée celle-là ? Maaaarthe !! »

Marthe apparut, hébétée. Elle venait du cellier, les cheveux ébouriffés. Elle remettait de l'ordre dans ses jupons, défroissait sa robe et son tablier en passant les mains à plat. Elle suffoqua en rentrant dans la grande pièce et se précipita vers la cheminée.

« - Qu'est-ce qu'est arrivé ? Mon Dieu ! »

Elle avait l'air hagard. Elle s'effondra en sanglots, secouée de lamentations aiguës. Sa voix s'était muée en une voix d'enfant plaintif, haut perchée. Elle croyait défaillir, ses jambes l'abandonnaient. Elle s'assit, enfermant son visage bouffi de larmes dans ses bras posés en couronne sur la table de la grande salle. Son dos par soubresauts enregistrait ses spasmes. Il fallut la tirer pour qu'elle ne reste pas au beau milieu de toute cette fumée. Ce n'était plus qu'une poupée de chiffon sans squelette, incapable de se tenir debout seule. Des insultes s'égarèrent.

Quelques instants plus tard arriva Alfred, gueulant comme à son habitude. Qu'est-ce que c'était que ce bordel ? Pourquoi y avait-il toute cette fumée ? C'était encore la Marthe qu'avait pas fait son boulot, fainéante comme elle était ! Eh merde ! Ah le petit ! Bordel ! Qu'est-il arrivé au petit ?

A crier très fort, il s'imaginait pouvoir cacher ses mensonges et son ignominie. Il s'agitait beaucoup sans pour autant agir.

Il avait profité du départ de sa femme pour les champs pour venir débaucher Marthe qui avait trop peur de lui pour lui résister. Ce n'était pas la première fois. Il la faisait venir dans le cellier de l'autre côté. Ils avaient abandonné le bébé là, tout près de la cheminée pour qu'il ne souffre pas du froid.

A présent il était mort. Marthe demeurait hagarde, pétrifiée par l'horreur, avec les yeux figés d'une folle, des yeux rougis par le malheur et la fumée. Qu'avait-elle fait ? Qu'avait-elle fait à Adrienne qui avait eu confiance en elle ? Qu'avait-elle fait au petit ? Elle ne voulait pas faire le mal. Elle s'était laissé entraîner. Elle n'avait pas résisté. Mais comment résister ? Non elle ne voulait pas que le petit meure. Non elle ne voulait pas ça.

« - J'voulais pas. J'voulais pas ! » répétait-elle.

Mais le mal était fait.

« - Qu'est-ce qu'elle raconte l'autre folle ? Tout est de sa faute ! Rien qu'une salope ! Qu'est-ce qu'elle foutait à pas surveiller le petit ? » hurla Alfred.

Marthe s'étouffa de sanglots, terrassée de douleur, effrayée, craignant les horions d'Alfred. Elle s'enferma dans le silence.

« Faut plus qu'elle remette les pieds ici ! Fous-moi le camp ! » lança-t-il encore.

Adrienne qui, dans la cour, serrait l'enfant mort contre elle, malgré l'intensité du froid, ne supportait plus d'entendre Alfred hurler. Plus il criait, plus grandissaient sa colère et la haine à son encontre. Elle savait trop bien ce qui s'était passé. Pas besoin de le lui expliquer. Elle en voulait bien sûr à Marthe d'avoir abandonné l'enfant, mais encore plus à Alfred, cet hypocrite, ce monstre, ce lâche. Le salaud ! Elle gémissait, l'enfant collé à sa poitrine, les yeux enflammés de fureur et de souffrance.

Il fallait quitter cet endroit de malheur. Dès lors, le plus tôt serait le mieux.

Les obsèques de l'enfant réunirent le village venu pleurer une vie et soutenir Adrienne. Chacun savait bien à quoi s'en tenir avec Alfred. Marthe, bannie par tous, quitta la première le village. Pas question qu'elle y remette les pieds, jamais.

Chapitre 5

LES MANTEAUX

Maintenant, il fallait partir. Cette pensée revenait comme une obsession. N'importe où. Mais partir de cet endroit où trop de violences et de drames s'étaient conjugués. Le désespoir gagnait. Alfred finit par se ranger à cet avis d'autant que les revenus diminuaient. Il était de plus en plus difficile de nourrir toutes les bouches.

La famille entreprit de se rendre en Charente, là où Adrienne avait grandi, à Bignac, petit bourg de trois cents habitants, guère plus. Il fallait se renseigner, savoir s'il y avait des places pour eux, parents et filles, afin d'être employés. Le travail en Vendée s'était fait plus rare, moins rémunérateur. Sinon, ils se renseigneraient aussi sur le Limousin. Mais ils ne seraient pas les seuls migrants car les départs de Vendée se multipliaient, les rendements étant trop faibles et les propriétés trop petites.

Alfred partit le premier pour vendre ses bras en Charente après avoir consulté le placier à la foire aux bestiaux de Fontenay-le-Comte. Il trouverait toujours quelqu'un pour le prendre lui dit celui-ci apparemment confiant, et même des bâtiments pour se loger.

« - C'est pas ce qui manque en Charente, c'est pas comme ici ! »

Il faudrait peut-être les retaper. Mais ils n'avaient pas à craindre d'être sans toit et sans travail. La Charente était une terre d'accueil.

Dans un premier temps ce serait plus facile de s'héberger en étant seul. Alfred devait s'assurer que toute la famille pourrait suivre en trouvant une ferme suffisamment importante où travailler, un toit pour loger tout le monde. Les Mauvoisin, les parents d'Adrienne l'accueillirent à son arrivée en Charente. Il leur prêta main forte en attendant.

Et le jour du départ de toute la famille arriva. Adrienne entreprit d'accomplir le voyage en train de Fontenay-le-Comte à Angoulême, avec ses trois enfants valides et Marie. André était encore petit. Il y avait un changement de train à La Rochelle avec une attente d'une heure en gare. Le train n'allait pas vite et le voyage prendrait une journée. Adrienne avait préparé pour le repas de midi un panier d'osier dans lequel elle avait rangé du pain et du pâté, quelques fruits, de la confiture de prune, de quoi boire, une petite nappe et des serviettes. Nourrir son petit monde en toute circonstance était sa première préoccupation. Madeleine l'avait aidée dans la préparation. Elle s'occupait d'André.

Ce jour était en lui-même une aventure. La fébrilité de chacune, affairée comme jamais, en apportait la preuve. Adrienne devait s'assurer de ne rien oublier. Tout ce qui pouvait se transporter avait été mis dans des malles dont la compagnie ferroviaire assurait le transport. Des wagons étaient affectés aux bagages encombrants, aux voitures d'enfants et aux bicyclettes. Chacun avait pris, pour emporter ses effets personnels, une petite valise en bois qu'un voisin avait fabriquée. André en avait fait un jeu de porter cette valise qui, l'encombrant au bout du bras, venait battre ses mollets.

Il avait fallu s'habiller. Adrienne y tenait. On ne pouvait pas faire le voyage, vêtus comme tous les jours aux champs. On devait se rendre en ville et le train arriverait à la gare d'Angoulême. Elles avaient leur fierté, même dissimulée dans les replis de leur timidité et de leur modestie. Tous, ils feraient les quelques kilomètres qui les séparaient de Bignac, en charrette. On les verrait. Alfred avait fait savoir qu'il les attendrait. La mère Mauvoisin avait rédigé le petit mot à l'attention de sa fille, pour les en informer.

« - Votre père viendra nous chercher à la gare d'Angoulême. » avait annoncé Adrienne.

Espérons qu'il n'ait pas trop bu, pensaient Adrienne et Madeleine qui craignaient cette arrivée tardive en soirée. Lucienne était moins anxieuse. Elle s'entendait bien avec son père et n'avait pas vraiment compris ce qui s'était passé entre Marthe et lui, bien qu'elle eût découvert le drame. Elle s'était réfugiée chez des voisins. Son émotion l'avait empêchée de comprendre ce que les adultes marmonnaient. Elle était donc contente de retrouver son papa.

L'hiver touchait à sa fin mais il faisait encore froid. Les deux filles étaient vêtues d'un manteau de laine et d'un petit chapeau. Elles portaient des chaussures hautes qui enserraient la cheville. Les chaussettes de laine protégeaient les mollets sous la robe longue. Elles devaient voyager en troisième classe dans les wagons aux banquettes en bois, sans chauffage. L'argent manquait pour voyager dans de meilleures conditions. Mais quoi qu'il en soit, le train était beaucoup plus confortable et plus rapide que si elles avaient dû voyager assises sur le plateau d'une charrette brinquebalant dans les ornières de routes cahoteuses. En train, le voyage ne prendrait que la journée alors qu'avec le cheval il eût fallu en compter plusieurs, trouver le moyen de s'héberger et de soigner la bête pour pas trop cher, peut-être deux nuits de suite. Tout compte fait il valait mieux prendre le train, même en troisième classe.

Madeleine portait un manteau neuf au col doublé d'une fourrure de laine. Adrienne l'avait voulu et avait fait le nécessaire. Elles étaient allées toutes les deux chez la couturière à Fontenay-le-Comte pour choisir un patron et le tissu, faire quelques essayages. Elle paraissait déjà jeune fille, Madeleine, pour ses treize ans et on voyait bien qu'elle commençait à attirer le regard des hommes. Certes c'était un manteau bon marché à la coupe familière. Mais il était neuf et Lucienne regardait sa sœur aînée avec envie. Elle lui en voulait de se montrer si fière dans ce beau manteau neuf quand toujours on lui demandait, à elle, Lucienne, de porter les vêtements devenus trop petits de Madeleine, son ancien manteau qu'Adrienne avait fait retoucher. C'était un manteau déjà porté bien qu'il eût été l'objet de mille précautions de la part de Madeleine qui avait conscience, depuis toujours, des maigres ressources dont disposait sa mère, et savait que ses affaires devraient faire de l'usage. Elle ne l'avait mis ce manteau qu'en de rares occasions. Mais Lucienne ressentait une humiliation tenace à n'être qu'une Madeleine encore petite, en plus ronde, en plus enfant, quand il s'agissait de l'habiller. Elle devenait Madeleine en déjà porté. Les quelques remarques faites sans mauvaise intention par la couturière ou sa mère dans les moments où Madeleine essayait un nouveau vêtement pouvaient la faire souffrir.

Madeleine avait, elle, le droit de choisir. On lui présentait les catalogues qu'elle feuilletait un moment, tournait les pages dans un sens, revenait en arrière, comparait, semblait gagner en légèreté au point de paraître se trouver bien loin de la boutique, avant de désigner le modèle qui paraissait lui plaire. Lucienne, pendant ce temps attendait…

« - Celui-là, j'aime bien le dessin. »

La jalousie entreprenait son œuvre dévorante et creusait ses galeries comme une sale maladie. L'émerveillement qui accompagnait l'essai de tout nouveau vêtement allait à Madeleine dont on appréciait la beauté assurée.

« - Regarde-toi dans la glace. Comme tu es belle ! »

Madeleine ne se faisait pas prier. Elle se présentait à elle-même, regardait son reflet, entreprenait de tourner, la robe ou le manteau devenait corolle. Lucienne voyait sa sœur virevolter. Ça lui allait -on le lui disait - il tombait bien ce manteau et la coupe était moderne, le tissu de qualité et peu fragile…

« - Regardez comme il lui va bien ! »

Chez Lucienne la rancœur couvait, croissait, se vrillait dans la chair. Elle, elle devait se contenter de constater les retouches si bien faites qu'elles avaient donné une seconde vie au vêtement. Le miroir servait à vérifier la bonne longueur. Une seconde vie ! Elle eût préféré qu'il fût immettable ce manteau. Qu'on s'en soit débarrassé. Mais rien à faire. Le manteau devait resservir. Elle en était amère. Lucienne devait en passer par Madeleine, son aînée. Madeleine de seconde main, voilà à quoi elle se trouvait réduite. Elle se vivait alors comme la mal aimée d'Adrienne, la dernière. Elle soupçonnait une connivence qui la maintenait dans son état de petite fille encore ! Et il est vrai qu'Adrienne belle femme plus jeune, se reconnaissait davantage dans le regard clair de Madeleine et sa silhouette élancée que dans la figure pouponne et brune de Lucienne, portrait féminin d'Alfred.

Par chance le bruit assourdissant des roues du train sur les rails et les craquements continuels du wagon agrémentés du sifflet de l'échappée de la vapeur par moment, rendaient impossible tout échange. Toutes trois se taisaient et Lucienne avait son air renfrogné des mauvais jours.

« - T'en fais une tête, Lucienne ! » lui avait dit Adrienne qui n'en comprenait pas la raison.

Silencieuse, elle se repliait sur sa sourde amertume.

André regardait défiler le paysage, content de vivre ce qui avait l'apparence d'une aventure nouvelle. Il allait retrouver son papa.

Marie était enfermée dans son monde.

Ailleurs.

Chapitre 6

JOURS DE FETE

La vie laborieuse - la vie - enfin ce qui avait l'apparence de la vie - qui reprend corps très tôt le matin au réveil, les yeux encore embués de sommeil, quand en sortant du lit chaud on pose les pieds à terre pour le début de la journée - une vie remplie d'obligations mais vide de désir, poursuivit son cours en Charente. Les filles restaient à la ferme, participaient à toutes les tâches du ménage, s'occupaient du bout de jardin, des poules et des lapins, gardaient les vaches souvent. Elles entouraient Marie de leur affection et de leurs soins, avant que celle-ci soit placée à l'assistance publique. Souvent, elles emportaient un tricot ou du raccommodage, quelques menus travaux d'aiguille, qu'elles effectuaient assises sous le houppier d'un orme ou d'un aulne accueillant. Les distractions se frayaient bien peu d'espace dans ce temps impérieux. Les ouvertures sur l'inédit, sur l'insoupçonné, celles qui écarquillaient les pupilles et rompaient avec la banalité du temps qui passe, n'étaient pas si fréquentes. Elles prenaient le plus souvent la forme d'une surprise, d'un surgissement, d'une dissonance par rapport au train-train habituel ; la forme de faits inattendus parfois charmants, provoqués par exemple, par une brise impromptue qui caressait le visage, sensation agréable ; un chant d'oiseau sur une branche si proche qu'on eût pu prendre celui-ci au creux de la main en étendant le bras ; un vol migratoire venu de l'horizon qui préparait les changements de saisons, certitudes de la vie. C'était parfois la rencontre de cultivateurs voisins que l'on saluait, avec qui on échangeait deux mots :

« - Comment qu'y vont tes parents ?

- Hein ! Ça va… Toujours pareil !... »

Les hommes, elles devaient s'en méfier car ils n'étaient jamais avares de suggestions hypocrites quand ils se trouvaient hors des regards réprobateurs, sûrs d'eux-mêmes.

Lucienne n'allait déjà plus à l'école ou si peu. Elle avait eu juste le temps d'apprendre à lire et à écrire, à signer de son nom. Les deux sœurs partageaient le travail des champs, de la ferme, du foyer, Madeleine plus investie parce que la plus âgée. Chaque jour, l'une et l'autre se voyaient assigner une ou plusieurs tâches par leur père ou leur mère. A quatre heures du matin parfois ça beuglait déjà :

« - Debout là-dedans ! Tas de fainéants ! »

Et bientôt André n'échappa à ces vociférations aurorales dont il devint une cible.

Pas question de flemmarder, de rester une seconde de plus sous les grosses couvertures. Les rêves s'interrompaient, les cauchemars nocturnes aussi, ceux du jour prendraient le relais. Déjà, une nouvelle journée s'annonçait, trop pleine de certitudes et grosse d'inquiétudes.

Il n'était pas rare que Madeleine conduise la charrue et trace des sillons parce qu'elle avait montré assez de force pour le faire. C'est elle qui harnachait le cheval et lui plaçait le mors. André l'accompagnait, aidait comme il pouvait. Le plus dur était de tracer droit et de réussir en bout de sillon le changement de sens avec la charrue jamais facile à retourner, s'imposer au cheval sanglé en jouant des guides et de la voix pour qu'il réalise son demi-tour. Il fallait l'autorité nécessaire pour laquelle Madeleine excellait. André regardait opérer sa grande sœur avec beaucoup d'attention. Bientôt il aurait assez de force lui aussi. Surtout avec ces cuillérées d'huile de foie de morue amère que le docteur qui le trouvait malingre avait recommandé de lui faire prendre et qui le répugnaient.

Les rêves de devenir institutrice étaient à présent hors d'atteinte. Ils avaient provoqué trop de résistance autour d'elle. Ils survivaient cependant, eau dormante résiduelle stagnant au plus profond de sa géologie résignée. Ils complétaient le sanctuaire des utopies gardées secrètes et refoulées. Elle y gagna une force hors du commun, une santé à toute épreuve, une volonté sans pareille. Mais son horizon était borné et un grand vide l'assaillait parfois. Alors les rêves refaisaient surface et le désir perlait par les interstices de la chair.

Adrienne tomba enceinte à nouveau. L'enfant mourut à peine né. Puis encore enceinte… Les hurlements d'Alfred dès le lever du jour appartenaient au rituel quotidien qui obligeait les enfants à sortir de leur lit à l'aube pour partir dans les champs après un petit-déjeuner frugal, le ventre souvent creux. La mère plus tard leur apporterait du pain et du pâté, le thermos de café. Résignés, soumis à l'autorité brutale du père qui ne souffrait aucune discussion, ils n'en ressentaient pas moins un sentiment profond d'injustice. Qu'avaient-ils bien pu faire pour être aussi mal traités ? Ils traînaient leur boulet comme forçats en île de Ré.

Pas question de faire valoir des droits, impensables et imprononçables. Les révoltes se muaient en faibles résistances apeurées, ou en bougonnements invisibles. Leur âge leur était volé, leur enfance, spoliée. Il n'y avait pas de place possible dans cet univers oppressif pour les désirs d'être, pour une revendication de soi-même. Alfred les terrorisait du matin jusqu'au soir, se montrait de plus en plus violent avec Adrienne. Encore tôt le matin au réveil il était ivre de la veille, l'haleine éthylique écœurante. Il empestait. Il lui fallait son vin. Il lui fallait sa gnôle. Malheur à qui eût fait obstacle.

Les rares moments où chacun pouvait se sentir un peu libéré de cette oppression correspondaient aux retrouvailles des familles pour les fenaisons et les moissons ou aux rassemblements des battages. Un coup ici, un coup ailleurs, ça faisait des tablées immenses et la présence des autres tempérait les violences. C'était l'occasion d'une grande convivialité, tous réunis après l'ouvrage. Ça durait parfois plusieurs jours.

Les femmes avaient préparé le matin aux cuisines les poulets, les lapins, les rôtis, les légumes, que les uns et les autres avaient apportés. C'était le moment de parler, de dire un peu ses joies et ses souffrances, de recueillir des paroles attentives, parfois des conseils plus ou moins bien intentionnés. Car les jalousies, grandes ou petites existaient, bien entendu, les mesquineries qui pouvaient les accompagner nourrissaient des brouilles plus ou moins longues. Chacun arrivait avec son histoire, avec ses histoires, avec les traces abandonnées dans la mémoire des autres. Le bien côtoyait le mal dans un enchevêtrement de frustrations partagées. Mais au total, l'ambiance y était, ces jours de regroupements campagnards. A table, le vin coulait, les esprits s'égayaient, et les mains calleuses s'égaraient, tapaient les fesses souvent, quand les filles s'approchaient trop près pour servir les hommes. Alors partaient les éclats de rire gutturaux, signes indiscutables de bonne santé, force de l'évidence.

Dans les champs, à la ferme, les plus jeunes aidaient à former les meules, à jeter le foin ou les bottes de paille sur les charrettes. Ils apportaient le panier de dix heures pour une pause bien méritée déjà.

« - Viens donc par là ma p'tit' poulette ! T'es déjà tout' bonne à passer à la casserole ! »

On avait bien avancé. Des mots étaient lancés qui même dans leur vulgarité faisaient du bien à entendre. Les filles éclataient de rire en s'écartant d'un pas plus rapide, jetant un dernier coup d'œil derrière elles pour observer le prétendant. C'étaient les mots d'une envie joyeuse, encore inoffensive, qui, dans cette même esquisse, faisaient les filles désirables. Elles n'étaient pas indifférentes à ces attentions. Les mots ? Il fallait s'en méfier certes, mais leur écho agréable préparait cette future perte d'innocence que chacune souhaitait. On n'était plus dans ces moments de l'automne et de l'hiver, ce temps des labourages dans la brume obsédante, des semis à la volée, de l'élevage des animaux sur les terres mouillées, qui enfermait chacun, entre deux nuits, dans son huis clos paralysant. On respirait un peu plus librement.

Les occasions de fêtes - l'entraide des familles créait les conditions de ces moments réservés, indissociables du travail - élargissaient les horizons, rompaient le cercle étroit, permettaient des rencontres, renouvelaient les mots et les intonations. Elles accompagnaient le rythme saisonnier des travaux ou des affaires qui se traitaient au moment des foires. Les foires attiraient du monde. La cavalcade aussi, fin février, avec ses chars décorés, ses fanfares en uniformes, ses cortèges joyeux et travestis, les confettis et les lancers de serpentins multicolores. Mais ce n'était pas pareil. Elle n'avait lieu qu'une fois seulement dans l'année. Les foires, c'était tous les mois. D'ailleurs, elles ne se passaient pas de la même façon pour les femmes qui n'y venaient que la matinée soumises aux contraintes du foyer et pour les hommes dont la fin de journée avinée rendait le retour problématique, parfois même improbable. Les unes vendaient leurs volailles et leurs œufs, les autres traitaient de l'achat ou de la vente de veaux, de vaches, de chevaux … Chaque genre tenait son domaine selon une temporalité inégale et un sens différent de la communauté. Les jeunes venus de partout se retrouvaient parmi cette foule et faisaient connaissance. Les premiers clins d'œil s'échangeaient. Les garçons voulaient en montrer aux filles…

« - Les garçons avaient uriné dans les pots de fleurs ! On avait ri ! Qu'est-ce qu'on avait ri ! Ils avaient réussi à faire ça sans se faire prendre. T'imagines les fleurs après ! »

Ça se passait au marché de Rouillac. Garçons et filles sont rassemblés à la terrasse fleurie d'un des nombreux cafés autour du champ de foire. Lucienne - déjà Lulu - est parmi eux. Elle doit revenir avec son père. Peut-être parviendra-t-elle à le tirer pour un retour précoce, avant qu'Alfred ne soit trop éméché. C'est elle qui le raconte, longtemps après. Elle s'en souvient comme si c'était hier. La lumière joyeuse de son œil pétillant traverse la paupière à demi close. Elle rit encore de cette facétie. Madeleine doit être restée avec sa mère à vendre les volailles et les œufs, les lapins tués et dépiautés de la veille. Toutes les deux, Adrienne et elle, étirent le temps pour gagner un peu plus et retarder le retour. Si elle n'est pas avec Adrienne, elle est à regarder les étals de tissu car elle s'est fait un peu d'argent ce matin, et la tradition veut qu'elle en garde une petite part pour elle pour d'infimes plaisirs. Depuis toute petite, elle aime les coquetteries et se trouver bien mise.

Lucienne qui évoque les petits exploits des chenapans, retrouve sa jeunesse. Elle est heureuse de se souvenir de ce moment de son enfance.

Et je sens à l'écouter raconter ces souvenirs que, si elle avait pu, elle n'eût point été la dernière à partager cette effronterie. Elle en eût fait autant pour défier tous les autres. C'est dans son habitude de défier les garçons. Elle grimpe aux arbres aussi bien qu'eux pour aller décrocher des cerises ou dénicher des oiseaux.

« - Nous aussi à cette époque on faisait des bêtises. » Elle rit encore, même si elle admet à ce moment que ce n'était peut-être pas très malin comme jeu. « Mais on n'avait pas tout ce qu'ont les jeunes d'aujourd'hui… C'était pas bien grave ! » ajoute-t-elle comme par besoin de minimiser la faute…

Nous l'écoutons sans broncher, si heureux de l'entendre évoquer le passé.

« - Ah, mais tu sais, le marché de Rouillac, autrefois, c'était le plus important de la région. C'était le 27 de chaque mois, » affirme-t-elle avec la plus grande assurance. « Angoulême, c'était le 15. »

Rouillac c'était donc un immense marché, plus important que celui d'Angoulême parce que ce n'était pas un simple marché aux bestiaux, mais un grand marché aux chevaux, réputé. Il n'y avait pas seulement les machines agricoles ou les femmes avec leurs volailles, les marchands de tissu, de lingerie. Non. Il y avait du monde partout, venu de tous les coins. On trouvait de tout ! Ça braillait, ça hurlait, ça jurait, ça tapait dans les mains, ça crachait par terre, ça circulait en tous sens et les cafés étaient noirs de monde pour déjeuner. Dans l'après-midi les comptoirs ne désemplissaient pas au moment où se concluaient les affaires. Ça trinquait à tour de bras et le gosier en pente. Fallait voir ça ! Chacun payait sa bouteille. Les affaires entre acheteurs et vendeurs s'arrosaient, et chacun en était de sa tournée. Impossible de se soustraire au rituel. Les femmes et les jeunes filles étaient rentrées à la ferme depuis longtemps pour donner à manger aux bêtes, préparer le dîner, quand les hommes quittaient le champ de foire et les cabarets qui le bordaient. Ce marché aux bestiaux, Rouillac, attirait toutes les générations des alentours. C'était un jour exceptionnel commencé tôt le matin. Alfred y vendait des bêtes destinées à la boucherie. Il acheta aussi des chevaux de trait. Les femmes proposaient les volailles et les œufs, les lapins, des légumes et des fruits du potager ce qui faisait de petites rentrées d'argent.

Les cochons, quant à eux, constituaient le trésor des familles, la certitude de se nourrir une année ou presque. Ils avaient été réservés et payés depuis longtemps en perspective de ce jour où on « tuerait le cochon ». Leur sacrifice était un grand instant de rituel collectif. L'abattage du cochon qui hurlait à vous crever les tympans se passait à la ferme avec l'aide de voisins, de la famille, de nouveaux bras qui agrippaient la bête, la tiraient par les cordes, la poussaient par le cul pour la sortir de son enclos, de cette soue puante où elle avait engraissé, et l'amener dehors pour lui trancher la gorge.

« - Tenez-le bon ! »

Les dos se pliaient, les bras et les jambes se tendaient, tous les muscles se bandaient pour retenir la bête paniquée.

Il fallait du monde.

Le boucher qui n'arrêtait pas, assurant l'abattage dans toutes les fermes, avait été commandé bien à l'avance.

Le premier jour était consacré à l'abattage, au rinçage des tripes et à la confection des boudins.

« - L'en a-t-y une aussi belle que ce boudin ton homme ? » Les femmes s'esclaffaient. Elles n'étaient pas en reste pour la grivoiserie, d'autant qu'elles se retrouvaient entre elles.

Après la peau était brûlée avec la paille qui la recouvrait, un côté puis l'autre, pour calciner les soies et tuer les parasites. Ça sentait le « cochon brûlé » de loin! Tout le monde savait dans le voisinage que chez untel on tuait le cochon. Puis la bête était suspendue, traversée d'une latte entre l'os et le jarret de chaque patte arrière, posée sur les barreaux de deux échelles. Le découpage, la confection des différentes recettes, prenaient deux à trois jours encore. La durée dépendait de la grosseur de la bête qui ne faisait jamais moins de cent cinquante kilos, et du nombre qu'on était pour la découpe et la cuisine. On couchait la nuit dans le foin ceux qui venaient de trop loin.

Le curé participait, qui bénissait le porc et les participants, et ne repartait jamais les mains vides. Les cuisines se transformaient en véritables fourmilières. Les femmes affairées, lavaient les abats, découpaient, hachaient, cuisinaient les charcuteries. Madeleine aimait se retrouver aux côtés de sa mère, au milieu de cette ruche. A la fin pendaient les guirlandes de boudins et de saucisses, comme décorations à Noël.

Le boucher découpait les filets, les côtelettes, les gigots, les jambons, les échines, le travers, la poitrine, les jambonneaux. C'était un travail d'orfèvre, délicat et efficace. André regardait, fasciné par la précision des gestes que réclamait cette découpe. Les couteaux affûtés plongeaient dans la chair et détaillaient prestement les morceaux convoités. La tête déjà était coupée et la cervelle, les bajoues, cuisinées par les femmes. Chaque partie, des pieds jusqu'aux oreilles, était une promesse de profiter de tout, tous les mois de l'année. Le gras ferait du saindoux, bon pour la cuisine. On était sûrs d'avoir à manger.

C'étaient des journées de retrouvailles, de fêtes généreuses au moment des repas bien arrosés qui rendaient l'humeur joyeuse et faisaient oublier toutes les fatigues. Chacun devait accomplir une tâche déterminée et les enfants étaient mis à contribution quand ils n'étaient pas, pauvres ingénus bien attrapés, la risée de mauvaises farces. Lucienne n'était pas la dernière pour se laisser prendre. Ils faisaient ainsi l'apprentissage d'un monde adulte le plus souvent peu charitable et dur.

A la veillée on racontait d'anciennes histoires, des histoires qu'on avait déjà entendues vingt fois. On riait et on chantait, accompagnés parfois d'un accordéon ou d'un harmonica. Au cours de ces soirées André a appris à jouer de cet harmonica qu'il gardera longtemps dans son étui usé.

On était au début de l'hiver ou en janvier. La viande ainsi était gardée au frais le temps d'être cuisinée ou conditionnée dans la saumure.

Adrienne et ses filles sont rentrées. Lucienne n'est pas parvenue à entraîner son père qui tarde à revenir chez lui. Une fois de plus il s'est montré répugnant aux yeux de sa fille qui a pitié pour lui. Toutes, elles attendent. Alfred n'est encore pas là. Comme souvent. Comme d'habitude. Encore une fois. Comme toujours. Tous, autour d'Adrienne, s'inquiètent pour la suite. Dans quel état sera-t-il encore ? Que va-t-il rester de l'argent qu'il devrait rapporter ? Il va rentrer ivre mort comme un cochon, comme à chaque fois. Il aura bu l'essentiel de ses gains. Que personne n'ait l'audace ce soir de lui faire une réflexion ! Il le tuera. Parfois il est tellement ivre qu'il n'arrive plus à avancer et cuve son vin dans un fossé en attendant de pouvoir se remettre sur ses pieds. Parfois quelqu'un qui passait par là l'aide à monter dans la charrette et le ramène à la ferme. Adrienne ne supporte pas qu'il la touche quand il est dans cet état. Elle vient d'avoir trente cinq ans, elle est enceinte pour la dixième fois. Jacques, le petit Jacques, naîtra en septembre de cette année 1929.

Madeleine redouble d'attention pour sa mère épuisée, lasse de cette vie impossible. Cette vie si dure et si peu généreuse. Une vie d'abnégation. Cette vie qui n'est pas une vie ! Les filles maintiennent le dîner au chaud dans la cheminée, prêtes pour une entrée fracassante et impérieuse du père qui ne voudra entendre parler de rien avant de s'effondrer dans son lit, comme une masse.

Et le cours des choses reprend.

Sur la photo, Jacques n'est pas présent. Il n'est pas encore né, probablement. C'est André qui est grimpé sur les épaules de son père qui le montre à tous face à l'objectif. Ainsi André peut voir la boîte avec cet œil au bout du soufflet. Le photographe dont on n'aperçoit plus que les jambes s'est caché derrière l'appareil sous un grand tissu noir. Alfred est au quatrième rang à gauche sur la photo. Comme les autres hommes adultes qui posent, il porte un costume paysan trois pièces. Adrienne est tout au fond à droite avec d'autres femmes, en tenue habituelle. L'arrivée du photographe a fait événement. Il a installé son appareil sur pieds, commencé à regrouper ceux qui étaient là afin de régler le cadrage de la future épreuve. Il place les uns et les autres pour qu'on voie tout le monde, que tout le monde soit bien dans le champ. On utilise les bancs. On sort des chaises. Les mariés sont devant. On a appelé les femmes pour qu'elles viennent poser, elles aussi. Elles sortent des cuisines où elles se sont enfermées très tôt ce matin. Elles arrivent les dernières. Elles ont au préalable abandonné leurs tabliers dans la cuisine, mis un peu d'ordre dans leurs coiffures et leurs vêtements, avant d'apparaître. Elles sont placées derrière, au fond, juchées sur les chaises qu'elles ont portées. C'est la noce. Deux petits cousins se marient. Les filles sont juste derrière les mariés.

Là c'est Madeleine, grande, déjà formée, à la poitrine moulée dans une robe claire, le teint hâlé.

A côté, Lucienne, que l'on devine, qui arrive à l'épaule de Madeleine, toute boulotte, encore enfant. D'autres enfants encore. Tous posent, endimanchés. Aucun n'a bougé. Ils regardent devant eux. Tout le groupe fait corps. Le flash tendu à bout de bras a crépité. C'est fini. Le photographe sort de dessous son drap. Tous reprennent leurs occupations initiales, les enfants leurs poursuites.

La photo sera tirée plus tard et chaque famille en voudra une épreuve pour garder souvenir de ce moment : la tribu rassemblée marie deux des siens, des petits cousins. Car on ne va jamais chercher bien loin. On se méfie de l'inconnu. Il fait peur. On reste entre soi. On est un monde à part, un monde plus permanent que celui de ces villes qui attirent tant les jeunes désormais.

Les souvenirs aident à supporter la dureté des jours qui se succèdent. Un coup d'œil sur la photo fait du bien, comme une parenthèse de bonheur déjà si loin. On repense à ce qu'on s'est dit avec untel ou avec une telle, aux confidences faites aux unes, à celles reçues des autres, aux encouragements à ne pas flancher, à garder le moral. Ont-ils changé aujourd'hui tous ceux-là ?

Les jours de fête ne sont pas si fréquents. Les mariages en font aussi partie qui regroupent toutes les familles, les voisins. Les amis, ça n'existe pas. Le mot est inusité, inconnu dans le langage commun. On est tous plus ou moins cousins. Et dans ces occasions, on se retrouve facilement plus d'une cinquantaine.

Et pour les femmes c'est la fête et ce n'est pas la fête, enfin ce n'est pas la même fête. Enfin si, c'est la fête quand même. C'est tout à la fois. C'est une journée de travail encore plus harassante que d'habitude. Mais réunies. Différence essentielle c'est qu'on n'est pas toute seule et qu'on parle et qu'on rit, qu'on se fait des confidences, qu'on s'entraide. On se passe la vaisselle et les torchons. On range. On parle. On parle tout le temps. Et ainsi, on échange un petit peu d'attention, de chaleur, du réconfort, de la considération.

Les hommes sont entre eux. Ils boivent et jouent aux cartes.

« - Va nous chercher un autre litron. On a soif ! » L'enfant qui passait par là n'a plus qu'à s'exécuter. Il s'enfuit aux cuisines avec la bouteille vide.

Deux mondes séparés que seuls les enfants relient.

Chapitre 7

LE DEPART D'ALFRED

En 1933, Adrienne fut une dernière fois enceinte : point d'orgue d'une lancinante et douloureuse rengaine plus fréquemment morbide qu'heureuse.

Quatre années s'étaient écoulées depuis la naissance de Jacques. Elle avait espéré la fin de son calvaire, un répit pour toujours. Mais les pulsions d'Alfred et la fatalité en avaient décidé autrement. Une nouvelle fois elle était grosse et il n'était pas davantage question que les fois précédentes de recourir à une faiseuse d'anges. Adrienne avait trop peur. Et puis ça ne se faisait pas !

Ce dernier enfant, le onzième qu'Adrienne mettait au monde, ne vécut qu'une semaine. Sur les onze, seuls cinq avaient survécu dont Marie, handicapée mentale depuis la naissance. La pauvre femme en était abîmée, déformée. Neuf mois, c'était long.

Neuf mois d'une grossesse - et d'espérance en dépit de tout ! - très souvent physiquement pénibles, le travail journalier ne s'interrompant pas pour autant. Neuf mois d'anxiété aussi sur l'issue car, pas plus que ses congénères, elle n'était l'objet d'une attention suivie et de soins particuliers. La nature faisait son métier. L'argent manquait pour ça et le médecin du bourg n'était pas bénévole. D'ailleurs il n'intervenait qu'en toute fin. Les conditions d'hygiène étaient celles de la ferme, rudimentaires. Neuf mois donc, pour en arriver là ! Donner naissance et voir mourir !

C'était toujours un déchirement cette mort prématurée après que pour quelques heures elle eut tenu l'enfant dans ses bras et l'eut nourri de son lait. La petite vie faisait sourdre l'amour, comme resurgit une rivière disparue dans les profondeurs du sol. Une eau qui suinte et renvoie au ciel ses étoiles de lumière cristallines. La souffrance s'en trouvait réactivée quand bien même, chacune de ses grossesses était vécue dès le début comme une difficulté nouvelle pour la famille, une source d'inquiétude pour l'avenir. C'était un sale coup du destin que le bon Dieu lui faisait endurer, à Adrienne, comme une vengeance dont elle ignorait le fondement, une raison supplémentaire pour s'angoisser et se tourmenter. Ça ferait une bouche de plus à nourrir ! Comment y arriverait-on ? La vie était déjà si compliquée. Bien sûr, le moment approchait où les filles seraient toutes les deux bonnes à marier. Madeleine venait d'avoir dix-sept ans. Mais en attendant…

Alfred était si brutal ! Adrienne se sentait lourde, épuisée, ralentie et parfois même, quand la dépression gagnait, anéantie, bien qu'elle ne fût pas si vieille. A la seconde où se produisait le tragique événement, quand la vie se retirait du petit être, ses yeux à elle aussi se fermaient pour un recueillement sur elle-même, pour retenir son souffle et arrêter le temps, en un moment de suspension, en un instant de vide envahissant. A ce moment Alfred lui en voulait.

Alors le flot des larmes libérées trouvait sa source autant dans sa colère que dans sa souffrance. Elle oscillait entre soulagement et effondrement. Et pour ne pas sombrer, elle allait chercher loin en elle les forces qui la feraient encore tenir. Elle puisait dans les moments de bonheur fugaces, entretenait le souvenir de ces heures volées où elle s'était sentie belle et heureuse, amoureuse et aimée, où elle avait eu conscience d'exister. Heures passées bien trop vite mais jamais effacées qui demeuraient encore vives grâce à la présence de Madeleine à ses côtés.

Elle venait d'avoir quarante ans. Mais son corps, empâté depuis longtemps par chaque grossesse nouvelle et le travail journalier harassant, avait relégué très loin dans le temps celui de la jeune femme élancée qui ne manquait pas de charme. Adrienne à présent sans forme, le corps plié dans sa marche oscillante, se fatiguait plus rapidement des divers travaux auxquels elle était toujours astreinte et de cette violence à laquelle Alfred la soumettait. Elle geignait plus qu'elle ne parlait. Elle haletait plus qu'elle ne respirait.

Madeleine, de son regard d'enfant, puis de son adolescente sollicitude, avait accompagné la déformation progressive et irrémédiable de ce corps, la dégradation de cette femme. Devrait-elle, elle aussi qui se savait belle jeune fille, supporter toute sa vie un homme brutal et méprisant, un homme qui la réduirait à n'être que son objet soumis, apparemment consentant ? Quel serait son sort ? Que serait sa vie de femme ?

Pour Alfred, ce corps trop vite vieilli nourrissait ses critiques corrosives, ses sales réflexions et ses insultes, ses vomissures verbales à l'égard de cette femme, sa femme ; vis-à-vis d'Adrienne qui devait souffrir plus souvent qu'à son tour, la comparaison avec le bétail, truie ou génisse de préférence.

Elle était si lasse de ces trop nombreuses grossesses, de ces morts successives, si lasse des tâches nombreuses qu'elle continuait d'accomplir, et ô combien lasse d'Alfred dont l'humeur était insupportable, souvent effrayante comme le comportement abject. Elle finissait par le prendre en horreur, ne voulait plus avoir de rapports avec lui. Elle pensait mourir chaque fois qu'il la prenait.

« - Laisse-moi. Je suis trop fatiguée. Je n'en peux plus. »

La violence continuelle de cet homme était attisée par la boisson, chaque jour dès l'aube. Ses tentations d'alcoolique l'amenaient à se comporter comme un fou, le rendaient dangereux pour son entourage, sa femme et ses enfants. Adrienne avait perdu confiance et patience. Chaque jour un peu plus, en son for intérieur, elle rejetait cet homme dont elle était devenue la proie. Car il pouvait perdre totalement la raison, dominé alors par des pulsions meurtrières qui le rendaient imprévisible. La vie avec lui devenait épouvantable, insupportable et pire encore.

Un jour, l'année précédente, il avait vraiment été pris de folie. Tous ceux qui étaient là durent se joindre pour l'empêcher de jeter André dans la fosse à purin dont le gamin ne serait jamais sorti vivant. Qu'avait donc fait l'enfant ? Qu'avait-il dit ? Qu'avait-il refusé de faire ? Avait-il répondu à son père ? Personne ne savait comment la colère disproportionnée d'Alfred avait démarré, quelle en était la cause. Et personne ne le sut jamais. Peut-être même l'enfant s'était-il rendu à l'école contre l'avis de son père qui voulait l'envoyer aux champs garder un troupeau ? Que lui avait-il pris pour qu'il soit devenu furieux à ce point ? Il avait attrapé sous son bras l'enfant qui se débattait et criait.

« - Je vais te j'ter dans la fosse à purin. Je vais le j'ter dans le purin. Tu vaux pas mieux ! Que j'te voye plus ! »

André hurlait. Ses cris avaient alerté les filles, Adrienne et des voisins qui tous avaient convergé sur Alfred, au secours du petit. Il fessait l'enfant à tour de bras et gueulait comme un dément qu'il allait le jeter dans la fosse, dans cette urine putride qui puait l'ammoniaque. Qu'il disparaisse à jamais !

« - J'veux plus l'voir ! »

L'enfant, lui, se voyait déjà mort !

Alfred était comme fou et criait plus fort encore que l'enfant qui hurlait de tous ses poumons, agitait ses membres en tous sens, certain que sa vie allait finir, noyé dans ce lisier si personne n'intervenait pour arrêter son père. Tout le monde criait, accroché à Alfred qui, comme une bête de trait, avec la force déchaînée qui était la sienne, les traîna avant de s'arrêter, furieux, rouge, les yeux exorbités.

On parvint à empêcher Alfred à temps, juste au bord de la fosse. Il lâcha l'enfant. Celui-ci s'enfuit, traumatisé à jamais. Hostile désormais à ce père qu'il avait tant aimé et qui, lui-même avant, l'aimait aussi beaucoup. Mais avec Alfred les choses pouvaient basculer ainsi du jour au lendemain. La déchirure serait irréparable. Tous étaient épuisés et effrayés par ce qu'ils venaient de vivre. Une scène de l'enfer.

Les filles allèrent à la rencontre d'André qui s'était réfugié derrière le hangar au matériel. Lucienne lui ramena une chaussure qu'il avait perdue. L'enfant était choqué. Il suffoquait, inondé de larmes. Secoué de sanglots irrépressibles, hoquetant, il se débattait seul avec sa frayeur récente, envahi par la peur, incapable encore de retrouver son calme et ses esprits.

« - André, c'est fini. Calme-toi. Il te laissera tranquille à présent. » Madeleine lui parlait à l'oreille à voix basse et rassurante, prononçait des paroles apaisantes, caressait ses bras, son dos. Elle le prenait contre elle, diffusant sa tendresse de la paume de sa main, par son corps chaleureux, par cette joue affectueuse qui venait se poser dans la tignasse ébouriffée de son petit frère.

Il voulait bien les croire, mais… comment ?

Elles lui parlèrent gentiment, tendrement. Lucienne prit le relais de Madeleine, le caressant doucement, jusqu'à ce qu'il se décide à les accompagner à la maison, qu'il vienne manger, embrasser sa mère qui l'attendait livide. Elle avait eu très peur, elle aussi.

Désormais Alfred était atteint de delirium tremens. Le vin de Noah avait fait ses ravages et lui rongeait les nerfs. Il lui était impossible de rester quelques heures sans boire. Il tremblait de tout son corps et la furie s'emparait de lui. Mais dès qu'il s'était procuré les bouteilles qu'il recherchait partout, le delirium se manifestait à nouveau, au stade ultime de son ivresse. Il devenait inabordable, dément. Il délirait. Tout l'agressait. Le cerveau, les nerfs, tout était malade en lui !

Jusque-là, il suffisait de l'éviter, de le laisser cuver dans son coin, comme on disait. Mais la maladie venait de prendre un nouveau tour. Tout le monde était sous le coup de l'effroi partagé. Tous avaient du mal à s'en remettre. André, lui qui s'était cru mort, ne pouvait plus voir son père sans en avoir peur, sans trembler à son tour de tout son corps gagné par une tension subversive, sans le haïr. Il cherchait à éviter de nouveaux accrochages avec lui. Ils ne se parlaient plus. Les filles aussi devaient se méfier des débordements de leur père, car ses pulsions l'entraînaient dans la confusion mentale et sexuelle et chacune, déjà, avait fait l'objet de tentatives en l'absence de la mère.

Quelque chose venait de se briser pour toujours.

Adrienne et Madeleine entreprirent des démarches auprès de la mairie pour le faire enfermer. Qu'il soit interné en hôpital psychiatrique à Angoulême, qu'on le place en asile de fous. Elles songeaient d'abord à se protéger. L'idée de soins était très vague. Bien sûr il avait besoin de soins. Mais d'abord il fallait protéger la famille, être en sécurité, qu'André puisse grandir.

« - Vous comprenez Monsieur le maire ! » répétait Adrienne en regardant ses mains jointes qui s'agrippaient l'une à l'autre.

Le maire écouta. Il ne donna pas suite. Manquait-il de courage ? Le médecin vint visiter Alfred et tenta de le raisonner sans se faire d'illusion. En vain évidemment ! Alfred était malade, gravement malade. Mais les mois qui suivirent, il ne dépassa pas les outrances habituelles, les coups de gueule permanents, l'abjection quotidienne. Il ne franchit pas la limite de la folie meurtrière. Les choses reprirent leur cours normal, enfin comme d'habitude.

Toutes ces années, Madeleine n'avait guère eu le temps de se préoccuper d'elle-même bien qu'elle sût se faire élégante. Elle n'était pas pressée de se marier, horrifiée au fond par l'exemple que lui offrait sa pauvre mère. Elle voyait bien, lors des quelques bals où elle se rendait le dimanche après-midi à Rouillac ou à Angoulême, parfois accompagnée d'Adrienne et de Lucienne déjà adolescente, que les garçons lui jetaient des regards envieux. Ils la zieutaient. Elle savait qu'elle était belle fille. Elle dénotait dans cet environnement car chacun savait aussi le courage dont elle faisait montre entre son père et sa mère, dans les travaux de la ferme et des champs. Elle n'était pas seulement belle, elle était dure à la tâche, forte comme un homme. Et même intelligente à croire celles et ceux qui avaient partagé les bancs de l'école. Elle n'était pas faite pour cette vie. Elle valait mieux que ça ! Les garçons avaient même un peu peur de l'approcher.

Lucienne, bien que se sachant dissemblable par sa rondeur naturelle, se voulait à l'égal de sa sœur. Jalouse de son succès, elle n'hésitait pas, par son espièglerie, à attirer l'attention de ceux qui approchaient les deux filles. Elle vivait mal leur différence et l'effet qui en résultait dans le regard des garçons. Alors elle faisait l'intéressante.

Tous ces garçons, jeunes hommes ou vieux célibataires, étaient paysans, fils de paysans, le plus souvent illettrés, ne sachant ni lire ni écrire, ayant trop peu fréquenté l'école. En venant au bal, ils cherchaient à s'attirer les faveurs de celle qui voudrait bien partager leur sort. C'étaient des brutes courageuses et rustres, le plus recommandable étant le plus gentil, le plus effacé, le plus sobre. La pièce rare !

Début 1935, Lucienne venait d'avoir ses seize ans. On avait envisagé ce moment pour marier les deux filles. On les marierait toutes les deux d'un coup, le même jour, pour éviter trop de frais. Marier les filles c'était s'en débarrasser, ne plus en avoir la charge directe, voire s'associer de nouveaux bras. Alfred voyait les choses comme ça ! Loin, si loin des sentiments. On leur en avait parlé. Elles n'avaient pas dit non. Le moment était arrivé.

Madeleine aurait dix-neuf ans à la fin de l'année. Elle n'avait encore porté son dévolu sur aucun prétendant.

André bien qu'encore enfant allait sur ses douze ans et se montrait déjà costaud et pas fainéant du tout, bien au contraire. Il pouvait conduire un cheval pour labourer un champ. Madeleine resterait à la ferme avec son mari et avec l'aide d'André poursuivrait l'exploitation.

Lucienne suivrait son mari, un type choisi pour elle que pourtant bien peu aimaient ici, et trouverait à s'employer sans difficulté, disait-on.

Adrienne envisageait de se mettre au service d'un notable local dont elle tiendrait la cuisine et assurerait le ménage. Elle avait fait l'objet d'une demande. Elle ne voulait plus rien partager avec Alfred.

Les noces conjointes des deux filles eurent lieu sans grandes démonstrations. Les moyens manquaient. On se limita à réunir la famille proche. On informa ceux de Vendée. Certains firent le voyage, contents de se retrouver.

« - On est contents de vous revoir ! »

On plongea dans les réserves pour faire bonne figure.

Madeleine n'avait pas vraiment choisi Georges, le mari qu'on lui trouva. La nécessité du mariage l'avait conduite à l'accepter par défaut parmi les hommes mûrs. Puisque les parents avaient décidé de les marier, Lucienne et elle, elles admettaient cette décision qui allait les fixer. Les filles seraient à présent rangées comme on rangeait le linge plié dans les tiroirs, les vêtements repassés, suspendus dans les armoires. C'était le sort des filles d'être rangées tôt ou tard ! Il fallait bien qu'un jour ou l'autre elles en passent par là ! Un certain ordre de cette société l'exigeait. Il leur était impossible de contester. Madeleine dut se soumettre en espérant ne pas avoir tiré un trop mauvais numéro bien qu'elle n'eût aucune attirance pour l'homme qui l'épousait. C'était un homme plus très jeune mais reconnu de tous pour être très courageux, travailleur et gentil. Certes, il était analphabète, incapable de lire, d'écrire son nom et de signer. Il ne connaissait que la terre et la ferme, n'était pas très malin mais pas méchant. Il n'avait guère d'idées à échanger et sa parole était avare. C'était un taiseux comme on disait.

« - Tu dis rien !

- Qu'est-ce que tu veux que je te dise ? » répondait-il à Madeleine.

Pour elle, ce mariage marquait vraiment la fin de ses illusions de jeune femme et d'excellente écolière, la fin de ses rêves d'institutrice. Elle, à l'intelligence si prometteuse, était rattrapée par son destin, enchaînée à ce coin de campagne. A ce moment elle acceptait de se résigner, de faire le lit de ses espérances, à l'image d'Adrienne dont elle avait tant craint de répéter l'histoire. Accepter son sort c'était pour elle la seule manière de survivre à son désespoir.

Une fois son couple formé, Lucienne, de son côté, connut un véritable calvaire. Son homme qui, comme Georges, n'était plus tout jeune, était méchant, ivrogne, et la battait chaque jour. Elle était tombée sur un vraiment sale type. Elle vécut dans la peur. Sa vie fut un enfer. Sa jeunesse était fichue. André dut la soigner quand elle fit une grave pneumonie alors qu'elle était enceinte du premier enfant qui périrait bientôt. Son mari avait disparu. Déjà !

Adrienne, trop lasse de tout, ne s'était pas occupée de sa fille. Elle fuyait cet univers et redoutait le mari de Lucienne qui lui rappelait trop sa propre vie. Elle avait l'impression que le pire de son expérience avait servi d'exemple à ses filles, que tout recommençait tout le temps, fatalement, sans changement.

« - Mes pauvres enfants… » gémissait-elle en observant les ménages de Madeleine et de Lucienne.

Elle était le plus souvent au « château » auprès de ses nouveaux patrons.

Et Lucienne lui en voulut toute sa vie de ne pas lui avoir porté secours. Elle aurait aimé que sa mère s'occupât d'elle, la soignât, elle qui n'avait pas dix-sept ans et se trouvait très affaiblie par la maladie et une grossesse qui se présentait mal. Mais Adrienne demeurait toujours en retrait quand Lucienne la sollicitait. Elle ne le faisait pas méchamment. Cette passivité s'était installée en elle depuis longtemps, probablement depuis ce rendez-vous qu'avait exigé Alfred dont Lucienne était née neuf mois plus tard. Celle-ci voua par contre à André qui s'était occupé d'elle alors qu'il n'avait que douze ans - un enfant - une affection indéfectible. Il s'était fait par compassion sa planche de salut. Mais elle allait vivre les années suivantes encore des moments très durs, approchant même le désespoir absolu.

Les filles étaient donc mariées.

C'est alors qu'à l'automne, Alfred prit la décision de quitter la maison, d'abandonner Adrienne qui ne lui parlait plus et refusait de se donner. Il ne la voyait quasiment plus et quand ils se retrouvaient c'étaient des cris entre eux, trop de colère et maintenant de haine accumulées. Adrienne n'en pouvait plus de cet homme, plus proche de la barbarie que de l'humanité, si souvent semblable à une bête dans ses égarements. Elle en avait vraiment peur !

Celui qui tant de fois avait proposé furieusement aux uns et aux autres, en éructant de colère, de « prendre la porte » s'ils n'étaient pas contents, la prenait, lui, définitivement, rejeté par tous et finalement convaincu qu'il ne lui restait plus que ça à faire.

Il fit son balluchon et partit.

Tôt le matin, il passa informer Madeleine la première, de sa décision.

« - Je pars, je quitte votre mère. »

Puis Lucienne apprit à son tour le départ de son père dans les mêmes termes, sans plus de phrases.

Aucune des deux ne montra de surprise en apprenant la nouvelle. Que pouvaient-elles penser ?

L'une comme l'autre l'écouta sans faire obstacle à sa décision, sans un quelconque geste pour le retenir. Qu'auraient-elles bien pu dire à l'encontre de l'évidence ? Tout le monde ce matin-là, sans avoir pu se concerter, avait la conviction intime que ce départ valait mieux. Qu'il parte !

André l'apprendrait plus tard. Il se retrouvait sans son père, soulagé et désespéré en même temps.

Personne de la famille n'eut plus de contact avec Alfred. On apprit par des connaissances qu'il s'était fait garçon boucher à Angoulême, qu'il buvait toujours autant et dormait on ne savait où. On avait parfois des nouvelles par des tiers qui l'avaient aperçu ici ou là.

On savait même qu'il se présentait parfois en vieux célibataire pour s'attirer les faveurs de femmes qu'il cherchait à séduire. Il lui fallait vivre aussi. Il avait passé la cinquantaine maintenant.

Chapitre 8

PUIS CE FUT LA GUERRE

Adrienne fut soulagée de ce départ qu'elle ressentit tout autant dans le relâchement de son corps détendu que dans la tranquillité toute neuve de son esprit libéré. L'espace se dilatait, perdait en pesanteur. Elle sentit son sang se remettre à courir dans ses veines comme une eau printanière jusqu'ici retenue en un barrage secret qui venait de se rompre. Les événements s'étaient précipités finalement. Mais c'était si récent, si nouveau. Il lui faisait un si grand bien ce grand silence déployé, défroissé, comme la nappe tendue sur la table de bois brut. Ne plus entendre Alfred gueuler du matin au soir favorisait ce repos que chacun dégustait, carré de chocolat convoité du quatre heures. L'atmosphère en était transformée. Meilleure !

Parfois cette absence semblait irréelle, anormale à Adrienne. Alors, elle se surprenait à attendre. Comme si Alfred allait réapparaître, là, à l'improviste, sans qu'elle en eût été avertie. Elle hésitait, tendait l'oreille vers ce silence inédit, finissait par se demander si elle ne rêvait pas pour déceler si peu de bruit. Le silence dominait. Aucune voix rugueuse ne venait perforer cette ambiance plus sereine et déchirer le temps. Elle surveillait du coin de l'œil son éventuelle survenue. Il aurait profité d'un recoin plus sombre pour la surprendre et l'aurait pétrifiée par son hurlement soudain. Elle n'avait pas encore apprivoisé tout à fait le nouveau cours des choses. Elle n'était pas totalement rassurée bien que respirant mieux. Elle faisait son apprentissage, un apprentissage timoré de sa liberté toute neuve.

Mais l'évidence s'imposa : il était bien parti et définitivement. Une impression de renouveau dominait auquel la nature contribuait par ses couleurs diaprées, sa lumière et ses vocalises. L'étau s'était desserré, les liens qui l'attachaient s'étaient dénoués et elle trouvait enfin la tranquillité à laquelle elle aspirait depuis si longtemps. Elle n'entendait plus Alfred lui hurler dessus à toute heure et à tout propos. Elle n'avait plus à craindre qu'il la forçât et la mît enceinte. Elle se sentait plus légère, se montrait plus diserte. Même son pas avait changé. A présent elle trottinait presque allègrement, allait et venait.

Elle voyait ses enfants, parfois le matin, parfois le soir aussi, au retour des occupations de chacun ; et dans l'intervalle elle travaillait au château où elle était nourrie le midi.

« - On se sent mieux, n'est-ce pas ? » disait-elle à ses filles. Madeleine acquiesçait, solidaire de sa mère. Lucienne, nostalgique de son père, gardait malgré tout un soupçon de regret.

Elle semblait même, Adrienne, avoir établi des relations affectives qui lui donnaient une mine qu'on ne lui avait jamais connue. Peut-être avait-elle rendez-vous, à présent, avec la gentillesse ? Elle avait gardé ses yeux clairs qui attiraient le regard.

Elle s'était éloignée des travaux de la ferme, fournissant cependant, ici ou là, dans quelques circonstances, une aide bienvenue si on la lui demandait. Elle avait toujours plaisir à partager une longue table commune à l'occasion du cochon, des foins ou du battage. C'était sa vie aussi. Elle retrouvait les commères aux cuisines pour renouer le fil d'échanges interrompus la précédente fois.

« - Comment tu vas Adrienne ? »

On la trouvait changée.

Elle aussi, à sa manière, avait « pris la porte » pour échapper à cette atmosphère lourde, pesante qu'Alfred avait créée, qui finissait par déteindre sur les comportements de chacun à commencer sur celui de ce petit homme, André, qui, maintenant, cherchait à occuper une place laissée vide par son père. C'est tout juste s'il ne faisait pas reproche de cette absence à sa mère.

Madeleine et son mari Georges, André qui avait quitté l'école et n'était pas encore employé chez un patron, s'occupaient de faire tourner la ferme avec les moyens du bord, pour tirer du sol et des animaux, les maigres revenus qui permettaient de survivre.

Seul Jacques le dernier né était scolarisé. Il apprenait à lire et à écrire dans la première section de la petite école commune que dirigeait Monsieur Jean, l'instituteur.

Lucienne et son mari, un peu homme à tout faire de la commune, un peu cantonnier, un peu maçon, un peu tout, beaucoup rien, habitaient encore à cette époque une maison près de la ferme. Les sœurs restaient proches, échangeaient des confidences, partageaient leurs déconvenues, se soutenaient. Très vite, Lucienne prit en grippe ce mari fainéant qu'on lui avait trouvé, qui buvait, l'insultait, la maltraitait, n'était satisfait de rien et passait l'essentiel de son temps hors de la maison. C'était comme si elle eût épousé son père, en pire.

Pour tous ceux qui l'approchaient, c'était vraiment un drôle d'oiseau ce François, de mauvaise réputation, violent.

Lucienne souffrait et pleurait à longueur de temps quand elle se trouvait seule, avant de reprendre courage et de ne pas sombrer. La rage progressait en elle. Une rage contre le destin, contre sa vie, contre elle-même, contre ce sale bonhomme qui pourrissait sa jeunesse, contre tout finalement. La rage de ne pas se laisser faire, de ne pas accepter, tout en étant impuissante à changer sa situation. Ce n'est pas comme ça qu'elle avait été élevée Lucienne, plutôt courageuse et foncièrement honnête. A la dure, mais honnête. Ce n'était pas pour en arriver là qu'elle avait grandi, qu'elle voulait vivre avec un homme. Parfois, elle aurait souhaité revenir petite fille, même petite fille en Vendée, tant l'autre la faisait souffrir. Mais sombrer n'aurait certainement pas attiré la pitié de cet homme. C'eût été au contraire s'offrir comme une proie encore plus facile.

La première fois qu'elle fut enceinte elle perdit l'enfant à la naissance. Elle avait fait l'expérience de sentiments confus pendant sa grossesse. Elle reçut les insultes avinées de son François de mari pour tout réconfort. Elle était bonne à rien ! Il le savait bien !

La seconde fois, par quel pressentiment, elle était certaine que rien de bon ne sortirait de son ventre. Elle en était sûre : venant de cet homme-là, seul un monstre pouvait se développer au milieu de ses tripes. Elle n'avait rien à lui offrir. Elle ne voulait rien lui offrir du tout sinon l'horreur. Elle ne voulait pas de cet enfant. Elle n'en voulait plus. Elle débordait de dégoût et de désespoir. Elle en était arrivée à mépriser son propre corps, ce ventre qui la transformait en chose, ces cuisses qui lui ouvraient la voie. Elle reportait sur elle la violence qu'il lui imposait, la haine alors s'emparait du désir pour l'anéantir. Cet homme qui la forçait, ne pouvait qu'avoir engendré un être anormal. Elle le savait bien. Elle le ressentait intimement avec la peur d'y accoler des mots. Elle en était persuadée avant de mettre au monde une enfant hydrocéphale qui mourut dans les heures qui suivirent.

« - Qu'ai-je donc fait au bon Dieu ? »

Elle se pensait coupable pour s'attirer tant de malheur.

Qu'avait-elle fait ? Le curé lui proposa de se recommander à la Sainte Vierge ! Proposition qu'il trouva judicieuse afin qu'elle oublie ses drames et supporte sa stérilité. Mais ce qui était fait ne pouvait se défaire avec une telle facilité. On n'effaçait pas les effets de la mort par ce qui ressemblait à des jeux de mots, à un artifice. Elle jugea la proposition outrancière et désinvolte à son égard, presqu'une insulte. Elle ne remit plus les pieds à l'église pour elle-même.

Mariée très jeune, Lucienne avait fait une entrée terrifiante dans sa vie de femme. Au nom de la coutume et de la peur du qu'en dira-t-on, on l'avait livrée à cet homme qu'elle abhorrait à présent, cet homme qui la rabaissait et déversait sa méchanceté. Elle était comme possédée de démons qui la dévoraient fiévreusement. De cette féminité morbide dont elle faisait chaque seconde l'expérience elle ne retirait que négation d'elle-même. Elle se sentait percluse de fautes multiples aux origines confuses. Il ne pouvait rien sortir de bon de ce ventre meurtri que l'autre, ivrogne et lâche, salissait plus qu'il ne l'honorait. Ses nuits étaient insupportables. Elle se vivait condamnée, prisonnière, misérable, comme morte avant d'avoir vécu.

On avait enterré les enfants avant même qu'elle ne se fût relevée des couches. Elle n'avait guère envie d'aller se recueillir sur les petites tombes. Elle y alla cependant une fois. Puis elle se dépêcha de tourner la page. Sinon oublier, du moins faire comme si. Elle pensait en son for intérieur, malgré sa très grande détresse, qu'au fond, il valait mieux qu'il en soit ainsi vu l'homme dont elle avait hérité. Elle lui en voulait trop pour désirer un enfant. Mais la férocité et la grossièreté de celui-ci s'amplifièrent. Lucienne devint son souffre-douleur. Elle finit par être en danger avec lui.

Il la trahit avec d'autres femmes, insatisfait de ce qu'il lui faisait subir par ailleurs.

« - Je n'en peux plus ! » confia-t-elle à Madeleine.

Celle-ci, de son côté, donna naissance à une belle petite fille en 1936. C'était son portrait craché. Elle la prénomma Marie-Louise. Puis deux ans plus tard, en 1938, naquit Josette. Madeleine se comportait avec Georges en femme soumise et accomplissait ses devoirs conjugaux selon les commandements de l'Eglise, sans ferveur particulière. Elle respectait cet homme qu'elle n'avait pas désiré mais dont elle acceptait de partager la vie depuis le mariage. Il était gentil et sobre. Cependant elle n'était pas heureuse. En dehors du travail ils avaient trop peu de choses à mettre en commun dans leur vie de couple. Son mari ne disait rien, ne s'intéressait à rien d'autre que ce qui concernait les travaux de la ferme au fil des jours. Elle le servait comme toutes les femmes servaient leurs hommes dans tous les foyers par respect de l'ordre établi.

« - Je te sers ta soupe ? »

Elle attendait pour s'assoir à la table.

Le matin, elle se levait la première pour relancer le feu, préparait le café.

« - Ton café est prêt. »

Elle soignait le logis, faisait la cuisine, lavait le linge au lavoir, participait à tous les travaux de la ferme et du potager.

« - Je vais cueillir les haricots verts à la fraîche. Ils ont l'air de donner pas mal cette année. »

Elle montrait toujours une belle santé. Mais son couple était vide, le désir n'y trouvant pas de place, les apparences masquant mal le désintérêt, les actes prenant de plus en plus la forme de formalités routinières.

Il ne disait rien. Elle se réfugiait dans ses travaux ménagers pour ne pas être tentée de lui adresser une parole vaine.

Elle se mourait d'ennui et de frustration. Elle n'aimait pas Georges. Elle reconnaissait, comme tous dans le village, qu'il était gentil, qu'il était travailleur, qu'il était sobre... Tous le disaient et le répétaient à l'envie. Mais elle ne l'aimait pas ! Elle le supportait en mesurant chaque jour l'ampleur de ses désillusions et la profondeur du tunnel dans lequel elle s'enfonçait.

Elle regardait ses petites avec des sentiments paradoxaux et parfois une certaine distance, les yeux ailleurs. Elle n'était qu'apparemment avec elles.

René, le fils des épiciers, s'entendait bien avec André bien que celui-ci fût plus jeune de quatre ans. Ils s'étaient rapprochés l'un de l'autre. André était très émotif, facilement susceptible, et dur à l'ouvrage comme avec lui-même. Quand il atteignit l'adolescence il partagea avec René qui acceptait sa compagnie les parties de pêche, les balades en vélo, les sorties au bal sur la place du village le dimanche. René, c'était le rouquin que certains pouvaient moquer pour cette particularité. André se tenait prêt pour le coup de poing.

« - Viens le dire ici si t'en as dans ton froc ! »

Ils se voyaient assez souvent, tous les deux. Parfois même Madeleine leur laissait les filles à garder. René restait auprès d'André.

Après le certificat d'études René avait appris le métier de jardinier-paysagiste et trouvé à s'employer à la ville d'Angoulême. Il venait chaque semaine retrouver ses parents et les aidait à servir les clients. Comme tous ici, Madeleine connaissait René depuis toujours.

« - C'est toi qui nous sers aujourd'hui ?

- Oui… Ça te fait plaisir j'espère ! »

Madeleine rougissait et passait sa commande. René rangeait chaque produit avec soin dans le sac de celle-ci qui le laissait faire.

« - Comme tu es gentil ! »

Ce n'eût été que lui, il n'aurait jamais présenté l'addition. Un baiser eût suffi pour payer ce moment. Mais l'échange de monnaie favorisait le contact des doigts et le courant passant procurait un frisson qui les figeait tous deux.

« - Au revoir. A demain. »

A présent André, son petit frère, et René étaient copains. Celui-ci était un peu plus jeune qu'elle. Elle l'avait toujours regardé comme plus jeune. Il avait trois ans de moins. Il était de la même année que Lucienne, mais de la fin de l'année, alors que Lucienne était de janvier. Il apprenait un métier quand elle s'était mariée avec Georges. Et puis, ce n'était guère dans les habitudes qu'une femme vive avec un mari plus jeune qu'elle. L'autorité qui revenait naturellement au mari, imposait que l'homme soit le plus âgé des deux. La morale commune dévidait ses évidences et tricotait un ordre indiscutable. L'homme devait assistance et protection à sa femme. Il devait apporter la confiance dans son foyer, se tenir prêt à secourir ses proches avec courage et, bien entendu, cette mâle détermination établie. Sa femme serait sa protégée. Madeleine n'avait pas eu à choisir. Elle avait été placée sous la protection de Georges, comme donzelle sous protection de son chevalier.

Et puis le fils de l'épicier faisait figure de privilégié par rapport aux paysans. Il prenait leur argent. Personne n'aurait même envisagé qu'une union entre eux fut concevable. Madeleine la première. Peut-être avaient-ils perçu, l'un et l'autre, ce léger frémissement à se côtoyer, parfois à se toucher, ce télescopage des regards qui se croisent et s'attardent ; peut-être s'étaient-ils aperçu à diverses occasions, se lançant des regards furtifs, qu'ils se plaisaient l'un l'autre, qu'ils se voyaient chaque fois avec plaisir, se regardaient de tout leur corps autant qu'avec les yeux, qu'ils accrochaient. Mais les mentalités étaient telles que les obstacles du non-dit se dressaient immédiatement dans leur esprit et les empêchaient de songer à vivre ensemble. C'est pour cette raison aussi que Madeleine s'était résignée à épouser Georges, bien plus vieux, bien plus terne. Elle avait remarqué la tristesse de René.

« - T'en fais une tête !

- Tu sais bien pourquoi.

- Tais-toi, idiot. Tu t'es monté la tête.

- Et toi, tu es heureuse ?

- Ça n'est pas ton affaire. Ça ne te regarde pas. »

Mais elle savait bien que c'était un peu leur affaire tout de même. Et lui avait envie de crier que ça le regardait aussi.

Cependant, véritablement au début, se retrouver avec cet homme plus âgé, l'avait mise en confiance. Hormis René qui montrait du malheur à la savoir mariée, les autres lui fichaient la paix. Cela pouvait avoir un côté rassurant, cette figure substituée du père. Elle n'était pas seule. Mais les bonnes intentions s'étaient épuisées assez vite, érodées par l'ennui, par l'absence de curiosité et l'ignorance. Madeleine vécut alors chaque jour qui passait comme un pas de plus accompli vers son dépérissement. Dirait-on bientôt d'elle qu'elle était fanée, déjà, trop tôt, avec cette commisération coutumière et si souvent entendue.

« - Tu te rappelles comme elle était belle Madeleine ?

- Le mariage ne lui aura pas fait de bien.

- Faut dire qu'ils n'étaient pas vraiment faits l'un pour l'autre. »

Elle craignait de vieillir trop vite. L'horizon se refermait toujours plus sombre comme un ciel de novembre. Sa vie de femme, sa vie tout court, s'attristait et réclamait un véritable amour, un amour de femme de son temps, un amour qui épanouirait sa beauté encore vive.

« - Tu n'es pas heureuse ma fille ! Mais t'as la chance d'avoir un mari travailleur qui boit pas. Ne l'oublie pas ! Y en a des plus mal loties que toi encore. Vois ta sœur ! »

On lui faisait tellement sentir qu'elle avait un mari courageux et sobre pour masquer l'autre versant des évidences. Adrienne avait perçu le désarroi de Madeleine. Il lui rappelait trop le sien. Elle n'avait jamais pu se défaire de l'emprise du mariage jusqu'au départ d'Alfred. Sauf cette fois, cette fois unique où elle avait approché grâce à la guerre, ce que pouvait être le bonheur de l'amour partagé des corps sans entrave. Il n'était pas besoin que sa fille s'épanche pour qu'elle comprenne la souffrance qui était la sienne. Elle n'avait qu'à observer son visage et ses tenues. Quand celle-ci lui parlait, quand s'opérait la rencontre des deux femmes, elle essayait de trouver les mots pour la rassurer et faire que Madeleine patiente, qu'elle songe à ses petites maintenant, qu'elle s'en remette à ses devoirs de mère à défaut d'une vie de femme épanouie.

En cette année 1938 finit par arriver ce que Madeleine attendait depuis si longtemps. René et elle se retrouvèrent cachés des regards et des curiosités inopportunes. Adrienne gardait les petites. Le temps était très doux. Ils s'étaient donné rendez-vous secrètement.

« - René !

- Madeleine ! »

René prit dans ses bras une Madeleine enfiévrée, emportée par son désir d'amour, décidée à se livrer, toute à son attirance. Il y avait trop longtemps qu'ils ne faisaient que s'effleurer. René était amoureux fou. Leurs bouches ne parvenaient plus à se séparer. Les corps s'enflammaient. Les mains s'égaraient comme si la paume dessinait une géographie nouvelle et les doigts découvraient les sources d'un nouveau jour. Plusieurs fois ils firent l'amour cet après-midi-là. Tout en elle vibrait chez Madeleine, comme si ne devaient plus s'interrompre les répliques d'un séisme profond.

Quand Adrienne revit sa fille le soir, elle sut. Elle n'avait pas besoin de questionner Madeleine pour sentir que sa fille venait de connaître l'amour, que sa vie dès lors en serait changée. Elle en prit un peu peur. Elle comprit qu'elle devrait s'attendre à plus d'agitation dans les jours et les semaines à venir. Le comportement de sa fille changerait. Celle-ci aurait du mal à tenir en place, pressée de retrouver son amant, affamée de connaître la vie enfin. Adrienne se fit complice de ce nouveau cours des choses. Elle ne savait pas encore qui pouvait être le garçon ou l'homme qui avait éclairé le visage de Madeleine et délié son corps - encore qu'elle eût ses intuitions - mais elle savait qu'elle devrait la protéger. Il est des choses que les mères comprennent instinctivement sans qu'il soit utile d'en dire plus.

André, encore adolescent, ne s'était aperçu de rien. Et les femmes se méfiaient de ses réactions, d'une propension chez lui à se mêler de tout.

Il voyait toujours en René son copain, celui avec qui il partageait certaines sorties, celui avec qui il s'entendait bien. Il ne savait encore rien des amours de René et de Madeleine.

Mais René allait avoir vingt ans, l'âge d'être appelé sous les drapeaux. Au mois de juin 1939, il fut incorporé au régiment du génie d'Angoulême. La durée du service militaire venait d'être ramenée à deux ans. C'était mieux que trois avant, depuis la fin de la grande guerre. Il ne reverrait Madeleine qu'aux permissions. C'était quasiment à la veille d'être séparés que tous les deux avaient franchi le pas qu'ils s'étaient jusque-là interdit.

Il fallait toutefois que soit préservée la plus grande discrétion sur leurs rencontres. Ils s'écrivirent régulièrement. Il fallait surtout éviter que les garçons de la maison mettent la main sur les courriers. Adrienne était maintenant dans la confidence, les parents de René également. Quant à Georges, il n'aurait pu dépasser le soupçon, incapable de lire ce que René faisait vivre de passion avec ses mots à lui.

Les nouvelles qui parvenaient à la radio, celles qui étaient affichées à la mairie et que répercutait tambour battu le garde champêtre, devenaient chaque jour plus alarmantes. Le bruit de la guerre imminente se rapprochait. Madeleine était inquiète pour René.

Le 1er septembre 1939, l'armée allemande envahit la Pologne et le 3 la France déclara la guerre à l'Allemagne. Le bourdon de l'église s'ébranla tôt le matin emplissant l'espace d'un battement obsessionnel et lugubre. On entendit des coups de sifflet qui rassemblaient les hommes dans les champs. L'heure était à la mobilisation. Tous perçurent la gravité du moment. Mais chacun croyait encore que la France possédait la meilleure armée du monde. La propagande n'était pas en reste :

« Nous vaincrons parce que nous sommes les plus forts » répétaient la radio et les journaux.

On était prêts pour le croire dans le village. Il y eut bien cette déclaration de guerre que la rumeur porta autant que les nouvelles, mais celle-ci s'engagea sans enthousiasme, sans véritable conviction du danger. Elle ne ressemblait pas à l'autre, celle dont les anciens parlaient, celle qui avait fait se doter le moindre bourg d'un monument aux morts. Les souvenirs de la grande guerre étaient encore vifs chez eux. Les monuments aux morts rappelaient les sacrifices.

Des bataillons de Charente furent expédiés dès les premières heures sur le front de l'est pour défendre la ligne Maginot. Cette ligne sur laquelle se reposait l'Etat Major de l'armée française. Il ne se passait quasiment rien. Il n'y avait rien à faire hormis quelques patrouilles. Les soldats s'ennuyaient ferme. On parlait de drôle de guerre. Même, on se mit à croire au miracle d'une guerre qui pourrait s'arrêter bientôt. Dans les campagnes chacun reprit ses habitudes puisqu'il ne se passait rien.

Madeleine était rassurée. René était resté à Angoulême dans un premier temps avant de procéder au déménagement de l'unité et de son matériel vers la Dordogne. Ils maintenaient tous les deux des relations épistolaires, impatients de pouvoir se retrouver.

Et puis, ce fut la fin des atermoiements. Le 13 mai 1940 les divisions blindées hitlériennes franchirent la Meuse à Sedan, le 15 elles fonçaient vers la mer du Nord, enfermant dans la nasse dunkerquoise les armées anglaises, belges et françaises dont les rescapés furent transportés en Angleterre en catastrophe au début du mois de juin.

Le 10 juin le gouvernement de la France abandonnait Paris déclarée ville ouverte. L'armée allemande y pénétra le 14. Les événements s'accéléraient et la défaite devenait évidente. Les Allemands progressaient sans rencontrer de véritables oppositions.

Dans les jours qui suivirent on vit arriver en Charente les premiers réfugiés fuyant devant cette avancée de l'ennemi. L'armée française était battue, le miracle ne s'était pas produit. Le gouvernement présidé par Paul Reynaud s'était réfugié à Bordeaux. L'ensemble du pays bientôt se trouva mis à l'épreuve de l'occupation. Les Allemands fonçaient vers le sud-ouest.

Le 24 juin 1940, la deuxième division Verfügungstruppe, une troupe spéciale d'intervention, appuyée par d'autres unités de la Wehrmacht fit son entrée à Angoulême. Ces troupes neutralisèrent et firent prisonniers les nombreux soldats français réfugiés dans la ville. Combien étaient-ils quand les Allemands arrivèrent ? Entre dix et vingt mille. Ce fut un coup de massue, le début du règne de la peur. Le soulagement fut palpable quand ils furent rendus à la liberté quelques jours après. René n'était plus dans la ville. Madeleine en était pour un temps soulagée mais savait ce qu'il en coûterait si les Allemands rattrapaient le régiment du génie d'Angoulême.

Paul Reynaud démissionna le 16 juin et le Président de la République Lebrun confia le pouvoir au Maréchal Pétain, jusque-là vice-président du Conseil. Le 17 celui-ci demanda à Hitler l'armistice et le rencontra à Rethondes le 21 juin, dans le wagon même où le maréchal Foch avait reçu la capitulation de l'Allemagne en 1918. Chacun mesurait l'humiliation dans laquelle le Führer voulait plonger la France. Le pays fut partagé en une zone occupée et une zone libre, la France devait entretenir les armées d'occupation, démobiliser son armée et livrer son matériel. Le 22 on apprit que l'armistice était signé.

Le ciel charentais avait vu apparaître les premiers avions allemands et le bruit effrayant des premiers mitraillages n'épargna pas la campagne. Les blindés arrivèrent par la route. On s'installa dans le couvre feu.

Angoulême se retrouvait en zone occupée, la frontière de la zone libre passant cinquante kilomètres plus à l'est.

L'armistice soulagea les esprits.

Quelques uns, très peu, entendirent à la radio le 18 juin, l'appel de ce jeune sous-secrétaire d'Etat du cabinet Paul Reynaud, le général Charles De Gaulle, qui avait gagné Londres plutôt que de se résoudre à la défaite. Il conclut par ces mots : « Quoi qu'il arrive, la flamme de la résistance française ne doit pas s'éteindre et ne s'éteindra pas. » Cet appel souleva initialement plus de crainte que d'enthousiasme. On était suffisamment malheureux comme ça sans s'attirer des représailles. Domina surtout l'indifférence.

Les gens de Bignac comme beaucoup de Français vivaient encore dans l'illusion que les choses finiraient bien par s'arranger.

Et puis Georges fut réquisitionné pour aller travailler dans une ferme en Allemagne. Les Allemands avaient exigé de l'administration française qu'elle leur fournisse les hommes qui remplaceraient dans les fermes, chez eux, les jeunes incorporés aux premières heures de l'offensive. A la première injonction allemande l'administration charentaise tenta de livrer des réfugiés espagnols en lieu et place de travailleurs français. Manœuvre peu glorieuse qui eut pour effet d'attiser la colère de l'occupant. Il fallut finalement que l'administration se soumette au diktat qui exigeait le départ d'hommes adultes français. On prit cette fois les moins instruits, les moins qualifiés. Georges partagea le sort de centaines d'autres prisonniers, pour un très long voyage. Madeleine et André demeurèrent seuls pour s'occuper de la ferme à Bignac. Outre les travaux habituels et les besoins auxquels il leur fallait faire face, ils durent répondre aux exigences de l'occupant qu'il fallait ravitailler prioritairement. Il arriva même qu'ils se privent de leur récolte et entretiennent a minima leurs animaux pour satisfaire ces oukases. Leur aversion grandit pour ces hommes souvent outranciers qui les dépouillaient de leur travail et de leurs revenus. Un groupe d'officiers s'était installé dans une partie réquisitionnée du château où Adrienne était employée. Elle évoquait avec ses enfants leur manière de se comporter, leurs allées et venues. Elle non plus n'aimait pas cette présence ennemie. C'était un surcroît de travail car les consignes de ses patrons avaient été très claires dès le début : tout faire comme si l'on recevait des hôtes de confiance.

La vie devint de plus en plus difficile et la présence allemande insupportable. Tout augmentait. Bientôt il fallut subir la pénurie et le rationnement qui l'accompagna. On mangeait rarement à sa faim. Les meilleurs produits étaient réservés aux Allemands.

Avec d'autres travailleurs, comme lui souvent sans grande qualification ni instruction, sans véritable métier, Georges était donc parti en Allemagne, prisonnier de guerre. Madeleine restait seule pour s'occuper de ses petites filles, aidée par Adrienne et André qui venait d'avoir dix-sept ans. Aux dernières nouvelles, René était quelque part en Dordogne. Parfois Lucienne venait. Pour elle, sa sœur avait bien de la chance d'être mère de deux si jolies petites filles. Alors qu'elle qui avait perdu ses deux enfants à la naissance n'avait pas eu cette chance. Bien sûr Georges était illettré, pas bien malin comme on disait. Mais n'était-ce pas une chance malgré tout, surtout comparé à elle, quand le sien était une brute abjecte qu'elle ne pouvait plus supporter ?

Madeleine l'écoutait sans lui répondre.

Chapitre 9

L'ANNEE 1941

Georges parti en Allemagne, André était donc revenu à la ferme pour aider Madeleine. Auparavant il avait été pris en apprentissage par un artisan maçon qui lui avait enseigné les rudiments du métier. Mais la guerre avait tari les commandes de travaux. Le patron avait dû se séparer de lui bien qu'il appréciât le courage du jeune homme. Il lui avait recommandé de profiter du petit bagage professionnel qu'il possédait pour se faire incorporer dans le génie où il continuerait à apprendre, quand il serait appelé sous les drapeaux.

« - T'es un bon p'tit gars. J'taurais bien gardé mais y a p'us assez de travail. J'te souhaite une bonne chance. »

André était fier des mots de son patron même s'il était triste d'abandonner là son apprentissage. Ça lui avait bien plu cette vie de chantier.

Dans l'immédiat il redevenait paysan. Il revenait à Bignac. C'était l'hiver. Un hiver rude.

L'hiver précédent avait été très froid aussi, les récoltes s'en étaient ressenties. Les bêtes avaient souffert. Le foin avait fini par manquer pour les alimenter. Le printemps avait tardé. Mais cet hiver 1940-1941 était encore plus froid. La nuit le thermomètre descendait sous les moins dix degrés. Du jamais vu dans ce coin, de mémoire d'homme. La neige tomba et resta dans les champs pendant deux mois, de décembre à la fin janvier, interminable linceul recouvrant la nature. Partout l'eau gelait, dans les fossés, dans les mares, au point qu'il faille casser la glace pour abreuver le bétail. Les canalisations devaient être protégées avec de la paille sous peine d'éclater. On ne pouvait plus tirer de l'eau au puits, la pompe à main était bloquée. Au robinet de la cuisine une stalactite de glace pendait piteusement chaque matin. A la rigueur de la guerre et des premiers rationnements venait s'ajouter la rigueur d'un hiver exceptionnel. Bientôt la pénurie de bois et de charbon interdit de se chauffer continûment. Il fallut même surveiller la cuisinière qui n'était allumée qu'à l'heure des repas. Il faisait froid aux pieds dans les sabots bourrés de paille ; il faisait froid au corps aussi, sous les épaisseurs de vieux vêtements. Les chambres étaient de véritables glacières, il fallait beaucoup de temps pour réchauffer les draps une fois rentré dans le lit. On gardait ses chaussettes, parfois même plusieurs paires les unes sur les autres. Le climat contraignait à vivre au ralenti. Il n'y eut bientôt rien d'autre à faire qu'à attendre que de meilleurs jours adviennent. Cet hiver 40-41 n'en finissait pas.

On se croyait fautifs d'une faute indéfinie.

« - Qu'est-ce qu'on a bien pu faire pour connaître cette misère ? »

Les temps étaient vraiment durs !

Qu'avaient-ils bien pu faire au bon Dieu, tous, bien pauvres innocents, pour vivre ça ? Déjà la guerre, à écouter la propagande de Vichy, c'était la faute des Français, des Françaises surtout qui n'avaient pas fait suffisamment d'enfants après la guerre de 14-18. Mais c'était là un reproche qui ne pouvait s'adresser à Adrienne que les nombreuses grossesses avaient déformée. Elle n'était coupable que de ne les avoir pas toutes menées à terme.

La propagande officielle poursuivait : en conséquence du trop faible nombre de naissances des années 20, les Français s'étaient trouvés trop peu nombreux pour résister à l'avancée des Allemands. A quoi pouvaient donc penser ces Françaises qui, se libérant de la dernière guerre, avaient oublié de préparer le pays à la prochaine ? La cause de la défaite éclair se situait là, dans ces ventres paresseux publiquement désignés. L'argument était pilonné à la radio, dans les journaux. Les Français devaient admettre cette part de culpabilité et supporter ce qui leur arrivait.

Et puis il y avait cet hiver qui n'épargnait personne et mettait chacun à l'épreuve. Comment ne pas croire qu'un sort venait d'être jeté à ce pays pour expier un crime encore insoupçonné ? Non seulement maintenant on devait vivre sous l'occupation allemande mais on finissait par se demander si on n'avait pas mérité ce qui arrivait. C'était dans la mentalité paysanne d'invoquer toujours des forces transcendantes assez floues et de relativiser le libre arbitre des hommes dans la conduite de leurs actes. La fatalité avait établi son nid dans leurs têtes depuis toujours.

« - On n'est pas grand-chose nous autres !

- C'est comme ça… » Les bras retombaient abandonnant leur poids à la résignation.

Lucienne partit à Sainte-Sévère avec son mari, toujours aussi abominable. Ceux de Bignac ne voulaient plus le voir dans les parages. Il était de plus en plus malsain à fréquenter. Lucienne devait suivre. Elle suivrait, malheureuse de se séparer de sa famille et surtout de ses petites nièces, Marie-Louise et Josette, en qui elle avait investi beaucoup d'amour. Elle les aimait comme les enfants qu'elle n'avait pas pu avoir. Surtout la deuxième, petite boulotte en qui, peut-être, Lucienne se revoyait enfant.

Sainte-Sévère était un endroit charmant, traversé par la forêt de Jarnac et par la Soloire, petite rivière, affluent de la Charente. La vie aurait pu y être douce. Mais Lucienne et François ne partageaient vraiment plus rien. Lucienne était seule, bien seule malgré son jeune âge. Elle venait d'avoir vingt-deux ans cet hiver.

Elle portait pour le voyage le manteau dont Adrienne lui avait fait cadeau, deux ans plus tôt, pour fêter ses vingt ans et adoucir ses malheurs. Son premier manteau neuf, ce manteau dont elle rêvait depuis si longtemps. Un manteau rien qu'à elle. Mais que restait-il de la Lucienne enjouée et même gouailleuse de l'adolescence, de celle qui aimait se mettre en compétition avec les garçons et n'avait peur de rien, de celle qu'on connaissait dans le village pour sa bonne humeur maligne ?

J'ai sous les yeux cette photo qu'elle m'a offerte un jour, comme si elle m'avait fait cadeau de son plus beau cadeau. En image…

« - Tu vois, » m'a-t-elle dit, « c'était mon premier manteau neuf. Je dois avoir vingt ans ou un peu plus. » Elle a retourné la photo. « C'est ça, j'ai vingt ans. Jusque-là, y avait que Madeleine qui avait le droit de porter des manteaux neufs. Moi je prenais la suite. Ma mère avait dû se serrer la ceinture pour me faire ce cadeau. Peut-être, j'avais participé… C'est bien le seul cadeau qu'elle m'aura fait !»

Elle fut employée comme bonne à tout faire chez un propriétaire de cognac. L'alcool se vendait bien. Les

Allemands ne crachaient pas dessus. La guerre n'empêchait pas les affaires. Le négoce était florissant.

Son mari travaillait dans les vignes.

Quand ils se retrouvaient tous les deux, c'étaient des querelles sans fin qui toujours dégénéraient.

René avait suivi le 8ème régiment du génie auquel il appartenait. Celui-ci avait été transformé en dépôt au début de la guerre, puis s'était replié sur La Châtre, ensuite sur Cubjac en Dordogne, pour tenter de sauver le matériel de transmission et échapper à l'avancée allemande. Mais le 7 août 1940 le dépôt avait été dissous et René était rentré à Angoulême au début de 1941, démobilisé. Il arrivait au terme de son temps d'incorporation et, de toute façon, il n'y avait plus d'armée française. Il se rendit chez ses parents. Madeleine l'attendait.

Elle et lui se revirent, bénéficiant de la complicité d'Adrienne et des parents de René. André était tenu dans l'ignorance. Il ne savait toujours rien et apparemment ne se doutait de rien. René était son copain. Eux, savaient l'un comme l'autre, qu'ils prenaient de grands risques à vivre ainsi leur amour. Madeleine était amoureuse folle de cet homme avec qui elle pouvait parler, échanger, vivre. Elle voyait bien que sa mère accompagnait ses désirs, qu'elle partageait ses espoirs. Elles étaient toutes les deux tacitement complices. Madeleine n'imaginait plus revivre avec Georges quand celui-ci reviendrait, s'il revenait.

« - C'est impossible, plutôt mourir ! »

Elle était prête. Prête pour relever tous les défis.

Elle savait qu'en cédant à son désir elle accomplissait ce que les gens ne pouvaient admettre : être infidèle à un prisonnier de guerre. Une telle infidélité c'était comme une haute trahison. Jamais on ne lui pardonnerait. La honte s'abattrait sur elle. Par ses déclarations, la propagande de Vichy alimentait cette culpabilisation. Mais la situation de guerre n'avait pas dépendu de Madeleine. Elle, elle voulait être heureuse, bien dans sa vie, c'était tout ce qu'elle demandait ! Les circonstances ne changeaient rien à ses sentiments. Adrienne savait les affres de sa fille. Elle imaginait l'impossible dilemme dans lequel elle se débattait quand le poids de l'autorité la faisait douter. Surtout il fallait qu'André, et Lucienne éloignée, n'en sachent rien ou s'ils devaient savoir que ce soit le plus tard possible. Jacques ne s'intéressait guère encore à ces choses-là. Mais les enfants fourrent parfois leur nez là où il ne faudrait pas.

Puis un jour arriva à la ferme un officier municipal de la ville d'Angoulême. Madeleine l'accueillit.

« - On a retrouvé un homme. C'est sûrement votre père.

- Trouvé ? Où ça ?

- Dans la Charente.

- Quoi ? Qu'est-ce qui est arrivé ?

- Le corps était bloqué à l'écluse de Saint-Cybard, gonflé comme une outre quand on l'a trouvé. Noyé. Il est certainement tombé à l'eau pour avoir trop bu.

- Je suis toute seule ici. J'peux pas m'en occuper toute seule.

- On est à peu près certains que c'est lui. Des gens l'ont reconnu. Mais si vous voulez le récupérer il va falloir l'identifier. C'est vous qui devrez le dire si vous voulez qu'il soit normalement enterré.

- Il faut que j'en parle, » se contenta de répondre Madeleine qui tremblait des pieds jusqu'à la tête.

La mort du père constituait une terrible nouvelle, même si tout le monde avait accueilli son départ avec soulagement. C'était un drame de plus qui alourdissait encore l'histoire de la famille. Revoir le père, ce n'était pas seulement se retrouver devant le corps d'un noyé, c'était se confronter au retour du réprouvé, mort. Un cauchemar.

« - Le corps est à la morgue. Si vous ne venez pas, il sera mis dans la fosse commune. Ça serait mieux qu'il ait une tombe. Mais ça dépend de vous.

- Je comprends, » dit Madeleine.

« - C'est à vous de voir.

- Oui… Vous voulez boire quelque chose avant de vous en retourner ?

- C'est pas de refus ! J'ai dû pédaler pour arriver jusqu'à chez vous ! Ça fait de la route d'Angoulême à ici ! »

Elle fit sauter le bouchon d'une bouteille entamée et remplit le verre de l'officier municipal qui le vida d'un trait. Ce n'était pas une mission très agréable qu'il venait d'accomplir. Il en avait la gorge sèche.

« - Vous devrez vous présenter à la morgue.

- Je vais en parler. »

Quand André rentra des champs où il avait labouré toute la journée Madeleine l'entendit arriver avec les chevaux, les rentrer à l'écurie, retirer les licols, défaire leur harnachement, en suspendre chaque partie et les soigner, enlever ses bottes au seuil de la porte avant d'entrer dans la cuisine où elle se tenait. Elle avait été plus attentive que jamais aux actes habituels de son frère dont elle reconstituait le parcours en reconnaissant chaque bruit. Elle était inquiète. Inquiète de sa réaction. Elle lui fit part du passage de l'officier municipal et de ce qu'il lui avait dit.

« - Pas question d'aller le reconnaître après ce qu'il m'a fait ! » éructa André qui s'emporta en apprenant la nouvelle.

« - Pas question d'aller l'identifier ce fou ! » répéta-t-il encore comme si, outre la colère, une peur dévorante s'était emparée de lui.

« - Mais enfin, » dit Madeleine en tentant de le calmer, « c'est tout de même notre père, on ne va pas le laisser comme ça ; sans que personne de la famille ne le reconnaisse ! Si on ne le reconnaît pas il sera jeté dans la fosse commune comme un vulgaire vagabond !

- Je te dis que je n'irai pas le reconnaître. Et toi, si tu y vas, je te quitte ! Tu resteras toute seule à faire tourner la ferme.

- Mais enfin, qu'est-ce qu'on va penser de nous ?

- Je m'en fiche bien ce qu'on peut penser de nous ! » cria André hors de lui.

Il hurlait comme son père.

Il s'enfermait maintenant dans son chantage, buté. Non seulement lui ne voulait pas aller reconnaître son père noyé, mais il interdisait à quiconque de le faire. Adrienne n'intervint pas dans cette discussion comme si cette affaire ne la concernait pas.

« - Tu es comme lui finalement ! » lança Madeleine à André pour tenter de le fléchir. « Aussi inhumain, peut-être même plus. Tu finiras mal si tu continues comme ça ! Tu te rends compte de ce que ça veut dire d'abandonner son père mort. C'est ton père tout de même !

- Moi je n'ai plus de père ! Si tu y vas je te jure que tu me revois plus ! »

Madeleine était effondrée, profondément meurtrie par l'attitude d'André, victime d'un chantage qui la révoltait mais auquel elle était contrainte de se soumettre. Elle en voulait à son frère de montrer une telle intransigeance, aussi peu d'humanité. Mais elle n'avait plus le choix.

Elle se résolut à ne pas se rendre à Angoulême, en parla avec René qui avait lu la nouvelle dans le journal et désapprouva lui aussi la réaction d'André. Elle écrivit à Lucienne qui apprit la mort de son père quand celui-ci était déjà enterré, jeté dans la fosse commune. Il n'y avait plus moyen de parler avec André ni de lui faire entendre raison. Il s'était muré dans son refus.

Le corps repêché du noyé avait fait l'objet d'un court article dans la rubrique des faits divers de la presse locale. A Port-L'Houmeau, beaucoup connaissaient Alfred, le garçon boucher. Un costaud, râblé, qui n'était pas facile, et saoul plus souvent qu'à son tour. Qu'il se soit noyé cela n'étonnait personne, même si nul ne savait comment l'accident avait pu se produire.

Il connaissait bien les bords de la Charente et venait souvent du côté de l'écluse de Saint-Cybard... Que s'était-il passé ? Il avait perdu l'équilibre et personne ne s'était trouvé là pour le repêcher. Un accident ? Un suicide... ?

L'événement marqua les esprits.

Et puis intervinrent d'autres changements. René fut embauché par la municipalité d'Angoulême pour accomplir des travaux de voirie. Madeleine et lui seraient séparés. Ils ne se verraient plus comme ils se voyaient jusque-là. Pour Madeleine cette séparation était insupportable.

Elle s'en ouvrit auprès de sa mère. Elle lui expliqua sa souffrance, sa passion pour René qui partait sur Angoulême, sa volonté de vivre avec lui, la difficulté de rester avec André. Elle ne pouvait envisager de se séparer de l'homme qu'elle aimait, qu'elle avait choisi, celui qui faisait qu'elle était. Il y avait les petites, les petites de Georges. Ce serait dur. Mais comment faire autrement ? Adrienne donna son aval au départ de sa fille. Marie-Louise et Josette resteraient ici à la ferme jusqu'à ce que Madeleine puisse les loger. La mère et la fille était pleinement de connivence. Pour Adrienne, Madeleine réalisait ce qu'elle n'avait pu avoir la chance d'accomplir.

Adrienne conduirait elle-même sa fille à la gare.

Elles étaient seules, toutes les deux, ce matin-là, quand elles attelèrent un cheval à la charrette. Madeleine embrassa longuement sa mère qui gémissait de bonheur et de crainte confondus, et gagna sa place dans le train. Elle ne savait pas qu'elle ne pourrait plus jamais reparler à ses filles.

Quand il découvrit que sa sœur venait de quitter la ferme, que sa mère lui apprit les amours de René et de Madeleine, qu'il comprit qu'elle était en cheville avec sa sœur, André devint fou de rage. Il se sentait trahi. Elle le laissait. Elle trahissait son mari prisonnier. Quelle garce ! Elle abandonnait ses filles pour courir, chienne en chaleur, après un salaud. Ce salaud, ce René, à qui il irait bien casser la gueule ; son copain dont à aucun moment il ne s'était douté qu'il pouvait avoir une liaison avec Madeleine, avec sa sœur aînée ! Peut-être même que depuis le début, il faisait semblant d'être son copain pour mieux approcher celle-ci. Il s'était servi de lui ! Ils s'étaient, elle et lui, servis de lui ! Et lui, pauvre con, n'avait absolument rien vu.

Il avait fait du chantage à Madeleine à la mort du père, il était tout près de la quitter gueulait-il, et c'est lui qui se trouvait abandonné. Il se sentait affecté, humilié même, de la trahison du copain, de la trahison de sa sœur, de la trahison de sa mère. On l'avait abusé. Etait-il donc si abruti pour n'avoir rien soupçonné, rien vu de ce qui se passait à côté de lui, dans son dos ? Madeleine qu'il admirait tant ! Quelle gifle ! Son monde s'effondrait. Il était furieux. On lui avait tout caché. On l'avait pris pour un imbécile ! Il se vengerait.

« - Je vous le ferai payer ! » se répétait-il.

Pas question que Madeleine, cette putain, récupère ses enfants. Que les fillesaillent vivre avec un autre homme quand le mari, le père, Georges, ce brave type, était prisonnier. Ça, il ne le permettrait jamais. Il les élèverait lui, puisque c'était comme ça.

Il en voulait à sa mère qu'avait tout manigancé, qu'avait facilité le départ de Madeleine. Selon lui.

Lucienne partagea sa colère et sa détermination. Elle aussi, à présent, pensait pis que pendre de sa sœur et donnait libre cours à son animosité. Il ne lui suffisait pas d'avoir deux belles petites filles il fallait qu'en plus elle veuille vivre avec l'homme qu'elle aimait, abandonnant Georges qui était bien brave, malgré tout ! Y avait des femmes comme ça qu'avaient le cul en chaleur et que rien n'arrêtait. Ce n'était pas son genre à elle, Lucienne, malgré ce qu'elle vivait de désespoir. Mais Madeleine était de celles-là, femelle avant tout !

Les filles grandirent avec ce portrait repoussant de leur mère mille fois dessiné. De toute leur vie elles ne lui adressèrent plus une seule parole.

Et pourtant aujourd'hui quand elles évoquent André et leur enfance, c'est pour se rappeler les coups répétés qu'il leur portait.

« - Qu'est-ce qu'il a pu nous gifler ! »

Car elles aussi devaient payer la souffrance d'André !

Chapitre 10

LE MAQUIS

André se retrouva donc avec Jacques à la ferme, en charge de Marie-Louise et Josette. Il était dur - comment pouvait-il en être autrement ? - et plus il prenait de l'âge plus il imposait sa loi au reste de la famille. Madeleine avait décidé de vivre avec René et rien n'avait pu la contraindre à faire un autre choix. Elle avait décidé de sa vie même si ce choix devait heurter une partie de ses proches et du village. Sa mère l'avait aidée. Ce départ de Madeleine et le concours maternel allaient bien au-delà de l'entendement d'André.

Pourtant, Madeleine, il l'aimait. Il l'aimait même beaucoup, presque d'un amour filial. Il se rappelait les bons moments passés ensemble. Elle s'occupait toujours de lui quand il était enfant, quand sa mère avait à faire par ailleurs. Plus tard, elle lui avait appris beaucoup de choses pour travailler dans les champs et conduire la gestion de la ferme. C'était sa grande sœur, de sept ans son aînée. Elle était belle et forte. Elle s'était longtemps montrée à lui comme une seconde mère. Elle l'avait encouragé à bien apprendre à l'école en espérant qu'il aurait plus de chance qu'elle-même. Mais maintenant il souffrait trop à cause de ce qui s'était passé, dans son dos, disait-il, tandis que Georges était en Allemagne. Elle n'avait pas le droit de faire ça ! Elle n'avait pas le droit, se répétait-il avec obsession. Alors sa volonté, subvertie de rancœur, le poussa à priver les deux enfants de tout contact avec cette mère qui les avait trahis en se mettant avec un autre homme. Madeleine devait être punie. Il se chargerait, lui, de faire justice. Il refusait les paroles raisonnables de sa mère. Lucienne, recluse dans son propre malheur, était d'accord avec lui. Tous les deux en avaient fait une affaire personnelle. André la règlerait par la violence coutumière, en homme, comme véritable chef de famille. Intraitable et sourd ! Que personne ne s'avise de faire obstacle à sa détermination ! Il voulait se venger. Seule la vengeance lui donnait une raison de vivre, seule celle-ci avait du sens.

Adrienne vivait entre la ferme et le château. Elle craignait André qui développait des idées noires sur les femmes - sur Madeleine qui finalement était même trop belle, trop bien attifée ! - ces femmes qui ne valaient pas grand-chose si on leur lâchait la bride - toujours prêtes à courir - dont il fallait se méfier et dont il avait peur au bout du compte. Il croyait se protéger avec des mots grossiers qu'il projetait comme fils d'un cocon inextricable. Il ne faisait qu'entretenir ses frayeurs.

Parfois, Adrienne prenait les petites avec elle dans la journée. Mais quand Madeleine revenait voir sa mère, on les lui cachait. André n'aurait pas supporté qu'il en soit autrement. Il pouvait regarder Madeleine avec férocité. Et les filles apprirent ainsi à mépriser cette mère qui avait manqué à tous ses devoirs, à laquelle elles ne devraient surtout jamais s'identifier, à mépriser René aussi qui leur avait volé leur mère.

Madeleine endurait cette hostilité. Tout était fait en ce sens, pour lui faire mal, lui rendre le mal que ressentaient son frère et sa sœur. Ce n'était pas ses filles qu'elle n'aimait pas

Madeleine - comme André et Lucienne le colportaient - mais cette vie, cette vie de soumission qui l'avait livrée, sans qu'elle eût son mot à dire, à un homme sans attrait qu'elle n'aimait pas. André était perforé de rancune, ravagé de colère, méchant même, à cause de cette liberté qu'elle avait prise de partir avec René, son copain - il l'avait bien berné celui-là ! - Il ressassait toujours les mêmes reproches. Il vivait dans la confusion dès lors qu'il était question de sa famille et s'enfermait dans une humiliation dont il était la propre cause.

Madeleine finit par espacer ses visites. Elle voyait les parents de René et repartait sur son vélo avec quelques provisions pour tous les deux cachées dans sa longue veste. La vie dans la ville devenait de plus en plus difficile avec la pénurie et les restrictions.

« - Fais bien attention à toi, à ne pas te faire voler.

- Je sais me défendre.

- T'embrasseras bien notre René.

- J'y manquerai pas. On pense à vous, nous aussi. »

Les vivres, la viande et les fruits surtout, manquaient. Il fallait s'inscrire pour la viande et parfois attendre plusieurs semaines avant d'être servi selon sa commande. C'était devenu presque impossible de s'habiller et de se chausser. Les semelles en bois, tenues avec de la ficelle, avaient fait leur apparition. Il n'y avait pas de petites économies. Plus question de jeter le pain dur aux poules. Chacun s'était mis à se débrouiller comme il pouvait. Il fallait économiser sur tout. Madeleine avait trouvé des ménages à faire qui rapportaient quelques sous venant s'ajouter à la paie de René. Ceux de la campagne, grâce aux potagers qu'ils entretenaient, s'en sortaient mieux. C'était un avantage d'y connaître quelqu'un, surtout au tout début de l'occupation. Alors en fin de semaine, soit Madeleine, soit René faisait le parcours d'Angoulême jusqu'à Bignac en passant par les chemins terreux pour éviter les routes. Ils connaissaient bien le terrain mouvementé des bords de la Charente.

Et puis la situation générale, loin de s'arranger rapidement, comme on l'avait secrètement espéré, empira y compris dans les campagnes autour d'Angoulême. On avait appris que de premiers actes de résistance à l'occupant avaient été perpétrés. Mais on croyait peu encore qu'on pourrait, un jour, chasser les Allemands hors de ce pays. On faisait donc avec leur présence. Résignés. Fatalistes pour la plupart.

Les moissons de 1941 allaient commencer quand l'Allemagne avait envahi la Russie soviétique. Rien ne devait donc arrêter les Boches ! C'est à ce moment-là que des dépôts de l'armée allemande avaient été incendiés. Des voies ferrées avaient été déboulonnées. La propagande officielle évoquait des actes terroristes. On avait donc eu connaissance d'une situation nouvelle. Les Soviétiques avaient défait les Allemands devant Moscou, stoppant net une avancée qui avait été jusque-là fulgurante. Ils pouvaient être battus. En France et dans la région d'Angoulême cela avait eu pour conséquence de mobiliser contre l'occupant les militants communistes, paralysés et déroutés jusqu'alors par le pacte germano-soviétique qui les avait surpris et mis en porte à faux. Eux aussi étaient mobilisés et organisés à présent.

André qui avait vent de tous ces événements en était troublé et s'interrogeait. Il s'était demandé si Monsieur Jean, son instituteur, n'aurait pas été communiste par hasard. Il savait qu'il avait manifesté à Angoulême avant la guerre. Il était du syndicat avant qu'il ne soit interdit.

Dans la campagne, des motards, parfois des convois entiers, se perdaient au milieu des champs parce que les pancartes avaient changé de sens dans la nuit. Des fois ça lui prenait à Madeleine en revenant de Bignac. Après s'être assurée qu'elle était seule, elle retournait une pancarte ou la mettait à terre, et d'un coup de pédales rageur s'en repartait sur son vélo. Elle n'était pas la seule à transformer la campagne en un vaste jeu de piste aléatoire pour ceux qui n'étaient pas du coin. Actes minimaux d'une rébellion naissante mais premières manifestations de résistance, un refus de se soumettre qui chez elle était déjà bien ancré. Et il s'en suivait une certaine désorganisation, des retards, que les officiers supportaient mal. Adrienne qui percevait cet état d'énervement des officiers allemands logés au château avait alerté André.

« - T'as vu ce qu'ils ont fait aux deux jeunes d'Angoulême ? Enfin non pas aux deux parce que y en a un qu'a réussi à s'enfuir. » Elle était assez confuse à cause de l'émotion.

On était maintenant fin septembre et deux jeunes - deux étudiants - venaient d'être interpellés par les Allemands à la gare d'Angoulême au moment où ils incendiaient un dépôt de foin.

« - Pourquoi j'aurais vu ! Qu'est-ce qu'ils avaient fait ? »

Adrienne raconta ce qu'elle savait avec une pointe de tremblement dans la voix. C'est la patronne qui lui avait dit ce qui s'était passé. Madeleine qu'elle avait vue quelques jours plus tôt le lui avait confirmé. Elle le répétait à André.

« - Ils ont voulu mettre le feu à un train de munitions à la gare. On les a vus. Les Allemands leur sont tombés dessus. Ils en ont fusillé un sur le champ. J't'ai dit, l'autre a pu s'enfuir.

- Ils veulent nous faire peur. Y en a marre de ces Boches, de tout leur donner, de voir leurs pancartes écrites en boche jusqu'ici. On travaille pour eux. Nous, y nous reste rien ! On n'est quand même pas devenus Allemands !

- Parle pas si fort malheureux ! »

Pour l'essentiel, Adrienne partageait, sans le lui dire, cette impatience d'André.

« - Ecoute André, je sais bien que c'est dur. Mais fais attention à toi.

- T'as des nouvelles de Lucienne ?

- Pas vraiment. Mais j'crois que ça va de plus en plus mal avec son mari ! »

Il ne demandait rien sur Madeleine bien qu'il sût qu'avec Adrienne, elles se voyaient de temps en temps. André se taisait, agacé par tout, par ces préventions maternelles et par les malheurs de sa sœur Lucienne. Il lui aurait bien cassé la gueule à ce salopard de François ! Comme à ce salopard de René ! Comme à ces connards d'Allemands…

Adrienne en voyait au château, elle qui côtoyait tous les jours des officiers de l'occupant ennemi. André n'était pas loin de le lui reprocher bien qu'il sût que leur présence ne dépendait pas d'elle et que tout le monde profitait de ce qu'elle ait du travail. La pauvre ! Et puis elle racontait comment ils se comportaient, parfois saouls à se vomir dessus. C'est elle qui devait nettoyer après. André écoutait. La colère montait.

Ils s'organisaient entre eux, les Boches, de véritables débauches où l'alcool coulait bien. Ça, ils aimaient le cognac ! Surtout le soir d'après la rafle des juifs à Angoulême, ils en avaient fait une fête et gueulé des chansons braillardes. Adrienne avait horreur de ces soirées qui l'obligeaient à rester plus tard.

Vers la fin de l'année 1943, la résistance s'organisa mieux. Des responsables avaient été parachutés dans le secteur de Bignac. Ils venaient de Londres. L'écho des premiers revers maquis travaillait pour le S.O.E. (Special Operation Executive), des services britanniques. La contre attaque alliée se préparait et la région, l'axe Angoulême-Poitiers, jouait un rôle stratégique en matière de communications. Le but était d'empêcher les troupes allemandes de remonter sur la Normandie de toutes les manières jugées efficaces. Le sabotage en faisait partie.

Un jour, un jeudi peut-être bien, Monsieur Jean son ancien instituteur l'avait abordé quand il cassait une croûte et avait mis le cheval au repos, en bout d'un champ qu'il labourait. Ça devait être à l'automne de 1943. Monsieur Jean avait couché son vélo par terre et s'était approché :

« - Bonjour André. Comment ça va ? La terre est bonne ici.

- Ça va. Oui la charrue enfonce bien. Y a pas trop de pierres. Y a qu'le ch'val qui mange pas comme y devrait. Regardez comme il est maigre !

- T'es pas bien gras toi non plus. Ta mère va bien ? Toujours au château ?

- Ça va. Elle dit que les Allemands sont nerveux comme s'ils allaient perdre.

- C'est pas étonnant ! » Il se tut un assez long moment, regardant autour de lui, goûtant apparemment cette ambiance automnale, cette haleine cotonneuse qui émanait du sol, puis reprit : « t'es un gars de confiance, toi ? »

André s'arrêta de mordre dans son morceau de pain et regarda Monsieur Jean de côté. Qu'est-ce qu'il lui voulait à lui parler comme ça ? Sa colère obstinée vis-à-vis de Madeleine vint encombrer son esprit, en fit surgir le souvenir, comme s'il craignait que Monsieur Jean soit venu lui faire un sermon. Il n'était pas certain que celui-ci soit d'accord avec la manière dont il avait réagi vis-à-vis de ses nièces et de Madeleine.

- Dommage que ton père t'ait retiré de l'école. Tu l'aurais eu ton certificat. T'étais pas mauvais du tout j'me rappelle ! Surtout en calcul. »

C'est vrai qu'en calcul, il n'était pas mauvais André. Pas comme en français où il faisait plein de fautes à la dictée. Et puis il n'avait pas une belle écriture. Mais il aimait bien aussi, André, quand Monsieur Jean - il était plus jeune alors - leur avait appris à franchir un fossé avec une perche. Il faisait du saut en longueur avec une perche de bambou. Ça s'appelait « Sortie » dans l'emploi du temps. Plusieurs après-midi ils avaient ainsi appris à franchir les fossés et même un rempli d'eau. Au début ils n'étaient pas trop rassurés. Puis après, avec les conseils de Monsieur Jean, tout le monde avait su faire. Et chacun, fatigué, était fier de ce qu'il avait appris. Pour une fois les uns et les autres vivaient cette campagne comme un terrain de jeu où on pouvait apprendre autre chose que travailler. Peut-être même qu'il s'était tordu la cheville en retombant, André. Il la frotta machinalement. Trop crispé comme d'habitude. Mais ce n'était pas bien grave. Le soir, Madeleine lui avait étalé du camphre là où il avait mal. Et puis il en avait vu d'autres. Enfin, il rigolait bien avec ses copains d'école. Mais tout ça était loin à présent.

« - Merci Monsieur. Qu'est-ce que vous voulez, c'est notre sort à nous de pas faire ce qu'on veut. On est attachés à nos charrues et à nos bêtes !

- Enfin t'es costaud et t'es un dégourdi. Vous avez toujours avec vous les filles de Madeleine ? Je sais que t'aimes pas qu'on le dise. Mais Madeleine, ici, c'était quelqu'un. Madame Chenin - tu te rappelles d'elle ? - m'a dit comme elle était intelligente. Elle avait une mémoire formidable. Elle aussi elle aurait pu avoir le certificat, même plus peut-être…

- Madeleine ! Madeleine, elle est partie. Elle a pensé qu'à elle. Elle revient de temps en temps. En ce moment on se parle plus tous les deux.

- Oui, je sais. Elle passe toujours voir à l'école quand elle vient. Elle aurait voulu être institutrice m'a dit Madame Chenin. Je me souviens qu'elle t'aimait beaucoup. D'ailleurs, elle me l'a dit qu'elle t'aimait. Elle t'aidait dans tes devoirs. Tu te rappelles...

- Monsieur, on pourrait parler d'autre chose parce que Madeleine ... Enfin vous savez ! »

André sentait monter l'orage en lui. Il se tut. Il n'aimait pas que Monsieur Jean l'entraîne sur ce terrain. Il souffrait trop derrière cette façade apparemment bravache qu'il s'était façonnée.

« - Je ne suis pas venu te parler de Madeleine, même si moi aussi je l'aime beaucoup. Pas plus que de Lucienne dont je suppose qu'elle est toujours à Sainte-Sévère avec son mari. Quel sale type celui-là !

- Ouais.

- Non. Je suis venu parce que je te connais bien et je suis sûr qu'on peut te faire confiance.

- C'est pourquoi ?

- A propos des Allemands. Enfin non, du contraire, de s'organiser nous.

- Vous ! Je m'en doutais, dit André. Vous voulez parler du maquis, Monsieur. Il est question de maquis, non ? »

André retrouvait son maître. Instinctivement, il jeta un œil autour de lui pour vérifier que, même là, sous les arbres, le long de la haie, personne n'écoutait. Il ne vit que le cheval indifférent qui mangeait de l'herbe.

« - J'ai parlé de toi à celui qu'on appelle le capitaine. Voilà pourquoi je suis venu. Lui aussi dit qu'on peut te faire confiance. On sait qu't'as caché deux jeunes gars sans rien dire à personne. »

André le regarda sans mot dire. Il avait à présent confirmation de ce qu'il soupçonnait de Monsieur Jean. Il était de l'organisation. Il en savait…

« - Ma mère se méfie. Elle est inquiète.

- C'est normal. Il faudra que tu gardes ta langue. C'est tout. Être le plus discret possible, c'est ce qu'on te demande.

- Je vous promets Monsieur…

- C'est la nuit que ça se passe.

- J'veux bien être avec vous. J'en ai marre de voir les Boches chez nous.

- Est-ce que dans la ferme t'as un endroit où on pourrait cacher des armes ? »

André était prêt à donner un coup de main au maquis mais il ne s'était pas attendu à ce qu'on le sollicite aussi directement. Maintenant il savait ce qu'on attendait de lui. Il trouverait bien le meilleur endroit pour planquer quelques fusils. En tout cas il savait en son for intérieur que Madeleine ne désapprouverait pas ce choix et ça lui plaisait au fond ce sentiment qui le rapprochait d'elle et le mettait à sa hauteur. Le visage de sa sœur avait fait une irruption fugace dans une pensée furtive.

« - Pour l'instant y a rien à faire d'autre qu'à attendre. Mais des décisions vont se prendre. Et il faudra qu'ici on joue notre rôle.

- Il va y avoir des parachutages d'armes ? » interrogea André.

« - Probablement. Il faudra faire vite pour les récupérer et les cacher, ne pas se faire prendre par les Allemands ou les gendarmes. On mettra pas toutes les armes dans la même cache. On les répartira. Il faut qu'on les disperse avec des responsables de chaque point. Tu comprends ?

- Parfaitement, c'est clair. Et vous me faites confiance ? » André ressentait une certaine fierté que Monsieur Jean, son instituteur, fasse appel à lui.

- Tu sais ce qu'on risque tous ?... Tu seras prévenu. A partir de maintenant t'es « la chouette ».

- OK. « La Chouette » ! J'y verrai clair la nuit ! »

Ils rirent tous les deux puis Monsieur Jean ré-enfourcha son vélo pour s'en retourner au village. Madeleine qu'il avait rencontrée quelques jours auparavant lui avait suggéré de rencontrer André. C'est elle qui l'avait convaincu d'avoir confiance en son frère pour ce genre de travail.

Celui-ci accomplit donc avec soin et discrétion des tâches apparemment peu glorieuses mais qui représentaient de grands risques en cas d'incident. Il fit ce qu'on lui demanda avec application.

Lucienne était revenue à la ferme où elle s'occupait des deux petites de Madeleine. Elle en voulait à sa sœur de vivre son amour séparé de ses filles. Madeleine n'avait pas cédé au chantage d'André même si elle en souffrait. Quant à Lucienne, elle n'en pouvait plus de son mari. Son divorce serait bientôt prononcé.

Elles étaient rares les femmes qui divorçaient à cette époque. Ça avait été difficile pour elle de se décider. Les mentalités paysannes et la religion faisaient obstacle pour préserver l'ordre social : que les femmes n'aillent pas courir selon leurs instincts lunaires ! Alors, être divorcée, c'était comme avoir attrapé une sale maladie. Des divorcées, on parlait facilement dans leur dos avec mépris, voire on chuchotait comme pour chasser une malédiction contagieuse, même si leur vie auparavant avait été impossible et qu'on le savait. Elles n'avaient pas tiré le bon numéro mais qui tirait le bon numéro ? Fallait qu'elles fassent avec. L'opinion restait cruelle :

« - Tiens regarde c'est la divorcée qui passe ! »

On la désignait. On la montrait. Il y en avait une et c'était elle : la divorcée ! Lucienne avait subi ces remarques blessantes. Pourtant elle ne s'était pas résolue de gaîté de cœur à adopter cette solution. Son mari ne rentrait plus à la maison. Il l'avait abandonnée pour coucher avec d'autres. Et quand il rentrait, pleuvaient des coups et des injures sur Lucienne qui servait de souffre-douleur. Elle l'avait fait constater… Avec ses patrons qui entendaient les cris. Tous ceux qui voyaient comment se comportait François, lui avaient conseillé de se séparer de lui, de divorcer. Elle s'était résolue à entreprendre les démarches après bien des hésitations. Il fallait qu'elle retrouve sa liberté car elle était encore jeune. Elle venait d'avoir vingt-cinq ans.

Un jour le maire en personne fit le déplacement jusqu'à la ferme :

« - Il parait que vous cachez des armes ici ? » demanda-t-il à André qui prit son air le plus étonné.

« - Qui c'est qu'a pu dire une connerie pareille ? »

A ce moment il aurait aimé avoir Madeleine auprès de lui pour le rassurer et lui donner confiance. Elle, elle connaissait bien Monsieur le maire qu'elle avait rencontré autrefois avec Adrienne pour faire enfermer le père qui voulait le jeter dans la fosse à purin.

« - Tu t'en doutes. C'est l'François. Il a voulu se venger du divorce. C'est lui qu'est venu vous dénoncer.

- Celui-là je vais le tuer s'il approche ! Comment raconter des trucs comme ça ? » dit-il comme s'il s'emportait.

« - Fais pas ça malheureux !

- Enfin Monsieur le maire, vous nous connaissez. Et avec maman qui travaille au château où logent les officiers allemands… On va pas la faire prendre tout d'même ! On est tranquilles ici Monsieur le maire. Mais c'te François c'est un fieffé salaud ! Y'm'dégoûte !

- J'le connais. C'est pour ça qu'j'suis venu te prévenir. Faudrait pas qu'y ait d'autres racontars. On fouillerait la ferme.

- Vous prendrez bien un coup à boire ?

- Ma foi c'est pas d'refus ! »

Les deux hommes avalèrent chacun leur verre sans rien se dire jusqu'à ce que le maire glisse:

« - Tu sais Monsieur Jean, notre instituteur, c'est un gars bien ! »

Impressionné par la découverte qu'il faisait, André ne répondit rien, se contenta de regarder le maire droit dans les yeux avant de se détourner pour fixer son regard sur ses sabots. Pensif. Il n'en revenait pas.

« - Allez j'te quitte. Au revoir ! » dit le maire qui déjà avait franchi le seuil de la porte.

Lui aussi considérait François comme un beau salaud. Lucienne était vraiment mal tombée !

« - Donne mon bonjour à Lucienne et à ta mère ! »

Il embrassa les deux petites, Marie Louise et Josette, et partit.

« - Toutes les deux, c'est vraiment le portrait craché de leur mère ! » ne put-il s'empêcher d'ajouter à mi-voix mais avec conviction quand il s'éloigna.

Chapitre 11

LA LIBERATION

À l'approche du débarquement des alliés les actes de sabotage sur les voies de chemin de fer se multiplièrent provoquant le déraillement de trains qui transportaient des troupes et du matériel de l'armée allemande. Des lignes électriques furent coupées. Le téléphone également.

Une nuit, un avion avait lâché des tracts transformés rapidement en une pluie de feuilles volantes qui chaloupaient dans le ciel jusqu'à leur arrivée au sol. Ceux qui se trouvaient dehors avaient cru voir dans le ciel un nuage d'insectes en essaim, avant de discerner les papiers qui allaient se répandre sur une grande partie de la ville. Ils annonçaient un bombardement imminent sur Angoulême. Les avions américains et anglais, de plus en plus nombreux, parvenaient le soir jusque dans la région, lâchaient des tracts ou mitraillaient un objectif. On entendait d'abord dans la nuit comme le bourdonnement d'un gros frelon dont le vrombissement se faisait progressivement plus proche, avant de s'éloigner, sa mission accomplie. Le 19 mars à 23 heures, après le passage d'un de ces avions, le ciel s'illumina de fusées éclairantes. La Poudrerie d'Angoulême venait de sauter. Le noir de la nuit fut dévoré par des flammes immenses où le rouge le disputait au jaune et au bleu pour produire finalement une énorme colonne de fumée plus noire encore, que découpaient comme bandes de papiers suspendues, les traces lumineuses des fusées qui jaillissaient. En une fraction de seconde avait surgi du silence un décor dantesque qui rapprochait l'enfer des portes de la ville.

Il était de plus en plus évident qu'Angoulême constituait un point stratégique que les alliés chercheraient à affaiblir et à désorganiser.

Madeleine et René se replièrent pour un temps chez les parents de René. Bien leur en prit car le 15 juin les gares et les quartiers de la Grand Font, et de l'Houmeau où ils logeaient dans un petit meublé, furent bombardés par l'aviation anglo-américaine. Ne restaient plus que des toits éventrés, des murs écroulés disparaissant sous un nuage de poussière. Les plumes libérées du duvet des matelas crevés volaient dans l'air. C'est ce qu'apercevaient les curieux réveillés par la funeste pétarade en regardant en bas, vers la Charente, depuis les murailles qui surplombent la ville. Les gens avaient été surpris dans leur sommeil. Les secours s'organisèrent pour dégager les blessés et retirer les morts, tous des pauvres bougres de ce quartier. Les sirènes hurlaient. Il fallait arrêter un début d'incendie dont le reflet nocturne grignotait avec voracité l'eau noire de la Charente.

La population fut gagnée par une profonde colère devant les conséquences meurtrières de ces bombardements anglais qui n'épargnaient pas les civils. On prit bientôt les Britanniques autant en horreur que les Allemands pour cet aveuglement. Et plus tard, d'ailleurs, ils durent s'en excuser officiellement.

Le débarquement en Normandie le 6 juin 1944 avait complètement changé la situation sur tout le territoire. Les régions plus au sud auraient pu se considérer oubliées car les alliés fonçaient vers l'est, principalement préoccupés d'arriver le plus vite possible en Allemagne pour contrer les Soviétiques. Ceux-ci étaient déjà aux portes de Berlin. Les avions alliés ne pénétraient au sud que pour bombarder les installations ferroviaires, couper les voies de communication. Et malheureusement, ils n'épargnaient pas toujours les populations comme en cette horrible nuit à Port-L'Houmeau sur les bords de la Charente.

Les régions en dessous de la Loire devraient donc se libérer par leurs propres moyens avec leurs propres forces. Les actes de rébellion à l'occupation allemande s'amplifièrent. Un vent d'insurrection se mit à souffler jusqu'au moindre village.

La libération de Paris le 15 août fut un encouragement pour tous ceux qui agissaient avec l'espoir de se libérer rapidement. Dès lors il y eut une meilleure coordination entre la population et les différents réseaux et maquis qui opéraient depuis plusieurs mois. Les actes d'entraide et de soutien devinrent monnaie courante. Chacun retrouvait confiance. On assista même à des conversions de dernière heure.

A Bignac, avec d'autres femmes, Madeleine assurait une liaison régulière pour ravitailler ceux qui se planquaient dans les bois. C'était parfois pas grand-chose ce qu'elle leur apportait, mais ils étaient heureux de la retrouver. C'était de la nourriture et des nouvelles du pays. C'était des nouvelles et quelques paroles de réconfort. Quelques mots, un geste attendri. Petites marques d'attention qui permettaient de tenir en attendant de passer à l'action. Elle ramenait du linge aussi. Il faisait chaud en ce mois d'août.

« - Les officiers ont abandonné le château. C'est ma mère qui nous l'a dit !

- Ils sont avec leurs troupes regroupées sur Angoulême.

- Comme ça on a plus de liberté de mouvement ici, » faisait remarquer Madeleine.

« - Pour nous, le grand bond se prépare. Les loups vont sortir du bois ! »

Et, contents d'eux, confiants pour la suite, ils montraient leurs dents, canines bien en évidence, dans un sourire faussement carnassier. Alors, on pouvait liredans l'étincelle de leurs yeux, qu'avec cette faim et cette soif de renouveau qui les animaient, ils auraient bien croqué Madeleine aussi, mais n'en disaient pas plus. Les consignes étaient strictes si on voulait la gagner, cette guerre.

« - Ils savent qu'ils vont subir une attaque sur Angoulême.

- Ils s'y attendent.

- On est prêts nous aussi.

- C'est pour bientôt !»

De son côté, André avait appris les activités de sa sœur depuis que lui-même avait choisi de s'engager dans le maquis. Personne ne le lui avait dit ouvertement. Lui, était longtemps resté à la ferme sans nécessité de rejoindre tout de suite ceux qui étaient planqués dans les bois et les granges abandonnées. Il gardait bien cachés des fusils qu'il entretenait la nuit. C'était sa mission. Et puis ce n'était pas dans les pratiques des maquisards de trop parler. Mieux valait en dire le moins possible. Une bonne partie de ces jeunes connaissait aussi le caractère d'André pour l'avoir côtoyé et savait le comportement qu'il avait adopté vis-à-vis de sa sœur. Non pas qu'ils le désapprouvèrent mais son entêtement et son obstination inquiétaient tout de même. Cependant, il avait saisi des paroles échangées qui ne s'adressaient pas à lui mais évoquaient Mado et il avait compris. Puis des gars du coin le lui avaient laissé deviner par des allusions sans équivoque puisque Madeleine n'était pas retournée à Angoulême. On approchait de l'engagement contre les Allemands. Il s'agissait bien d'elle. Il la reconnaissait bien là. Il lui gardait secrètement beaucoup d'admiration. Il était fier à ce moment d'être son frère, qu'elle soit cette sœur aînée à laquelle il se confrontait. Mais il l'évitait toujours. Il se serait bien gardé d'évoquer avec elle leur choix commun. Il faudrait que le temps accomplisse son œuvre avant qu'ils échangent deux mots.

Malgré tout ce qu'il savait des engagements de Madeleine - « Mado » dans le maquis - et de ce qu'ils signifiaient sur ce plan moral auquel il disait tant tenir, il ne parvenait pas à pardonner la trahison. Enfin, ce qu'ils considéraient, Lucienne et lui, comme une trahison. Car de la trahison, il n'avait pas de doute. Le départ de Madeleine, aidée de sa mère pour rejoindre René, était une infamie. Surtout que Georges travaillait dans une ferme en Allemagne sans qu'on lui ait demandé son avis pour y aller. Lui, Georges, il avait pas eu le choix ! Ce n'était pas comme elle qui s'était cru tout permis, qui n'avait même pas attendu la fin de la guerre.

Mais, dans son outrance, ce reproche de trahison auquel André se cramponnait, ressemblait fort au substitut lancinant d'une jalousie bien réelle nourrie de sentiments confus pour celle qu'il aimait tant ! Il s'était en quelque sorte amputé de Madeleine comme d'une partie indissociable de lui-même et souffrait. Car il était jaloux, jaloux de tout, toujours, effrayé de ce qui pouvait lui être soustrait. Ce que les autres possédaient, il en était dessaisi. Jusqu'à cette affection que les camarades montraient pour Madeleine dont ils étaient si fiers et à qui, affectueusement, ils avaient donné le surnom de « Mado ».

Il la repoussait mais ne voulait la céder à personne… Jusqu'à cet engagement qui le privait d'être le seul à… Tout était si souvent confus dans son esprit.

Il n'y avait pas que lui… Adrienne ne savait rien, apparemment, non plus de l'activité de sa fille dans le maquis. Elle, elle était soulagée que les Allemands aient quitté le château.

La situation évoluait rapidement et André fut intégré aux Forces Françaises de l'Intérieur. C'est avec les F.F.I. qu'il participa activement aux combats livrés à Vénat, dans un de ces larges méandres que fait la Charente, à trois kilomètres au nord-ouest d'Angoulême, le 25 août 1944. Il n'y avait plus un chat quand ils arrivèrent à hauteur de l'église sur le coup de midi. Les combats avaient été durs. Tous les bâtiments exposaient leurs blessures récentes : trous et éclats à vif. Le silence régnait après les violents échanges. Les Boches avaient quitté la place. Il avait véritablement découvert au cours de cette bataille le feu de la guerre et la peur au ventre qui l'accompagnait. On les avait drogués pour qu'ils aient moins la trouille. Mais ça ne suffisait pas pour anéantir la conscience du danger, pour assourdir le bruit des explosions qui faisaient trembler l'air et le sol, tremblements qui gagnaient les corps des pieds jusqu'à la tête.

« - Planquez-vous ! Y a un Boche qui vient de dégoupiller une grenade derrière l'arbre là-bas. »

Il se tapit dans le fossé comme les autres, attendant que la grenade vienne tomber dans leur rang y répandre la mort. Ils l'entendent exploser, mais c'est loin, pas chez eux…

Quand ils relèvent la tête, le spectacle qu'ils découvrent est effrayant.

« - La grenade lui a explosé en pleine gueule ! »

Le maladroit avait touché une branche qui, comme un arc bandé, avait fait revenir l'engin meurtrier sur lui.

« - C'est plus que d'la chair à pâté.

- J'en voudrais pas pour mon pâté d'cochon ! »

Il ne restait que la grosse boutade pour tenter de faire face à l'horreur et masquer sa frayeur.

Il y avait aussi des morts et des blessés dans leurs rangs dont un groupe assurait le retour sur l'arrière du combat. Des femmes s'étaient improvisées infirmières, équipées d'un peu de ouate, d'alcool et de bandes Velpeau, pour ceux qui avaient besoin de soins sommaires qui leur permettraient de remonter au front. André savait que Mado, Madeleine, en était. Que ferait-il si elle devait le soigner ? L'action avait balayé depuis longtemps la question. S'il mourait, elle serait la première à reconnaître son corps...

Parvenus sur la place de Vénat, assis sur les marches de l'église, on leur avait promis un ravitaillement avant de s'engager plus avant pour libérer Angoulême. C'était une règle qu'avait fixée le capitaine Pierre : pas d'efforts et pas d'engagements victorieux sans un ventre bien rempli. Le commandement avait prévu une cantine de fortune établie sur une charrette tirée par un cheval étique, qui complèterait les maigres rations de la nuit. On devait leur distribuer de la charcuterie et même disait la rumeur un ragoût de mouton, un vrai festin !

C'est alors qu'il la vit comme il se doutait bien qu'il finirait par la revoir sachant tout ce qu'elle avait fait pour le maquis avec beaucoup de détermination, d'affection et de disponibilité comme chacun le disait. Dans ces évocations il retrouvait la Madeleine de son enfance, celle qui venait le cajoler quand il avait un trop gros chagrin. Un chagrin qui n'en finissait pas.

Elle se dirigea sur lui sans hésiter.

« - Ça fait rudement du bien de se savoir du même côté. André ! » Elle était visiblement très émue.

Ils se jetèrent dans les bras l'un de l'autre. Ce n'est qu'après un long moment qu'il s'écarta comme s'il se faisait le reproche d'un moment de faiblesse. Mais il avait eu bien trop peur au cours de la matinée. Le corps de Madeleine lui faisait chaud.

« - Tu es toujours mon petit frère, » lui dit Madeleine, « et je t'ai toujours beaucoup aimé, d'ailleurs tu le sais, même si tu m'en fais baver sale cabochard. »

Elle dégageait toujours ce sentiment de solidité qui impressionnait tant André. Mais il prit à nouveau un ton revêche.

« - Pense aux autres aussi. Il n'y a pas que moi ici.

- Sois courageux André. Mais fais attention à toi ! Je t'aime. »

André était profondément bouleversé par ces retrouvailles, par son embrassade, par les mots qu'il venait d'entendre. Il n'avait pas pu résister. A présent, il percevait en lui un changement, comme si Madeleine, véritable médium, lui avait communiqué sa force.

Elle poursuivit sa distribution d'un ragoût effectivement confectionné par ses soins. Une louche dans chaque gamelle que les bouches affamées dévoraient à grands coups de cuillères empoignées, le menton gouttant d'avoir trempé dans la sauce. Un bruit mouillé, goulu, répété, avait gagné la place avant que ne se fasse entendre celui métallique et sourd des récipients empilés. L'instant de répit était fini. « Mado» acceptait quelque fois un baiser sur la joue qui rassurait le quémandeur. Peut-être retrouvait-il du courage à poser ses lèvres sur le visage accueillant ? Elle était heureuse, vraiment heureuse, d'avoir échangé quelques mots avec André déjà reparti avec son groupe. Derrière ses airs, c'était un gamin !

Après avoir vaincu les Allemands, passé le village, les Forces se dirigèrent avec un semblant d'ordre vers Angoulême et contribuèrent à la libération de la ville. Celle-ci intervint quelques jours plus tard, à la fin du mois d'août. La progression depuis Saint-Yrieix, au bas de la côte, s'était faite rue par rue. Et le 31, l'ennemi capitulait. André avait la certitude d'avoir participé à un acte important qui compterait, pas seulement pour la ville et son pays, mais pour lui-même. Il avait su choisir son camp ! Et dans ces heures décisives il avait retrouvé Madeleine. Rien ne pourrait plus être tout à fait comme avant.

Il avait abandonné la ferme maintenant depuis plusieurs semaines pour participer à ces opérations de libération d'Angoulême. Les fusils qu'il cachait dans la grange et qu'il avait entretenus, graissés, pour qu'ils marchent quand l'ordre serait donné de les sortir, remplissaient leur fonction. Le capitaine Pierre l'avait félicité. Il en était fier.

Après Angoulême ce fut Cognac, libérée le 1er septembre. La troupe progressait maintenant vers l'autre Charente qui depuis peu n'était plus inférieure mais... Maritime.

Les Allemands résistaient dans la poche de La Rochelle et défendaient le port de La Pallice où stationnaient plusieurs de leurs sous-marins. La guerre n'était pas finie partout. Les F.F.I. auxquels André appartenait poursuivirent la lutte sur ce front. Ils étaient mille huit cents combattants arrivés de la Charente à pied ou en camions, applaudis par les populations libérées. Vêtements et chaussures usagés les faisaient plus ressembler à une armée de sans-culottes qu'à une armée régulière. Ils étaient crottés, poussiéreux, à peine relevés des derniers combats livrés en Charente où Madeleine était restée avec René. Ils retrouvèrent d'autres maquisards, sales et barbus comme eux, venus ceux-là du sud de la France. Ils étaient à présent une armée de plusieurs milliers d'hommes, avec un moral de vainqueurs, convaincus qu'ils obtiendraient la reddition des Allemands qui refusaient toujours d'abandonner cette enclave rochelaise. C'était sans compter sur leur entêtement à défendre jusqu'au bout ce point privilégié du mur de l'Atlantique.

André fut alors engagé dans les combats du Vergeroux, un petit patelin au nord de Rochefort, dans les marais d'Yves. Ces combats préparèrent la libération de la place forte rochelaise. Il ne parvenait pas à se défaire de cette peur qui, sous le feu, le gagnait et le dévorait. Mais celle-ci n'épargnait personne.

Partout les villes s'étaient libérées en France, les Allemands avaient capitulé. Sauf à La Rochelle. La libération définitive de la ville ne fut effective que le jour de la signature de l'armistice, le 8 mai 1945.

Ce fut un immense soulagement. Enfin la guerre était finie, à La Rochelle comme partout. La ville s'abandonna à la fête, à sa jeunesse, à l'amour. Une nouvelle époque allait voir le jour. André quitterait la terre et les travaux de la ferme pour se faire maçon ici et participer à la reconstruction du pays qui demandait des bras.

J'ai la photo sous les yeux. Le régiment présente les armes dans un alignement parfait. Il est là, pas très grand, plus petit que ses voisins, dans une tenue impeccable, casque sur la tête, fusil vertical dont la crosse repose dans sa main droite, la main gauche à l'horizontale venant barrer le canon. Comme tous les autres, il est immobile et regarde droit devant lui. Beau gars. Il vient d'avoir vingt-deux ans. Le régiment s'est mis en position fixe pour la revue.

Bientôt il sera démobilisé et, lors d'une de ces foires où tournent les manèges du hasard, il rencontrera sa future femme.

Il a gardé la photo. Mais il faut la lui réclamer pour qu'il la montre. Il parle peu de la guerre, de sa guerre, comme s'il respectait encore les consignes de Monsieur Jean l'instituteur.

« - Tu tiendras ta langue ! »

Il aura huit enfants.

Au début il inquiète. Il ne parle jamais ! Alors il construit des maisons, de très nombreuses maisons. Il en achète aussi qu'il retape. Il travaille toujours et joue un peu aux cartes. Mais surtout, il travaille…

Il mettra fin à ses jours, deux ans après avoir perdu sa femme. A chacun de ces tristes événements, lors de chacune des funérailles, ses sœurs et son frère seront présents pour l'accompagner. La fratrie se retrouvera en ces moments pénibles. C'était avant que Lucienne ne parte, elle aussi.

Les prisonniers sont rentrés. Georges sait déjà que Madeleine l'a quitté, qu'elle vit avec René, qu'elle est maintenant sur Angoulême, à la ville, qu'elle ne reviendra jamais sur Bignac. Ses filles ont grandi, séparées d'elle. Elles n'ont jamais approché René. Madeleine s'est illustrée dans la résistance quand il était en Allemagne. Elle ne veut plus vivre avec lui. Elle sait qu'il est gentil. Elle connaît toutes ses qualités. Mais ça ne lui suffit pas. Et la guerre, ce n'est pas sa faute à Madeleine s'il y a eu la guerre. D'ailleurs, elle y a pris sa part. Elle lui laissera, contrainte par le jugement, les filles avec qui elle n'a plus parlé depuis le début de la guerre et qui lui manifestent une hostilité inflexible. Le divorce a été prononcé, elle veut résolument envisager maintenant de vivre une autre vie, celle qu'elle s'est choisie.

Georges ne sait toujours pas s'il méritait Madeleine. Il se voue à ses filles. Elles sont ses petites femmes.

Madeleine et René se marient. Adrienne et ses enfants ont répondu à leur invitation pour un repas en commun. Les mariés attendaient ce moment où l'évidence de leur sincérité s'imposerait. Que ce soit Lucienne ou André, Jacques moins impliqué, ils ont tous, malgré tout, trop de respect pour Madeleine, pour refuser de recréer la fratrie le temps de l'événement. Ce n'est pas qu'ils aiment René mais chacun prend sur soi. Ce n'est pas qu'ils pardonnent, ils ne pardonneront jamais. Mais… Madeleine est leur sœur !

Jean Marc naîtra bientôt. Officiellement la vie commune de René et Madeleine commence.

Une vie partagée. Tous deux solidaires dans les meilleurs moments et les difficultés. Madeleine est si heureuse de vivre avec l'homme qu'elle aime depuis bientôt dix ans ! Après ils seront ensemble, toujours ensemble, indéfectiblement ensemble. Ils auront su se serrer les coudes ! Même après leur mariage quand ils devaient faire face à ces épreuves que frères et sœur les obligeaient à affronter, n'hésitant pas parfois à leur infliger un ostracisme sournois à l'occasion des rencontres familiales. Des mots pointus pouvaient être décochés auxquels ils opposaient une apparente indifférence. Les uns et les autres pouvaient ne pas être avares de petites vexations, de mesquineries blessantes, bien que le contact fût rétabli. L'anathème demeurait. Car depuis le début, leur histoire faisait d'eux, Madeleine et René, deux êtres à part dans ce coin de Charente, deux êtres farouchement différents.

Des résistants.

Des conquérants de leur vie personnelle, ce qui exigeait la liberté de choisir, par soi-même et pour soi, les voies de son bonheur.

Cette vie commune s'est interrompue la semaine dernière, après soixante huit années voulues et passées ensemble, avec le décès de René. Un amour indiscutable et cependant... demeuré impardonnable pour Lucienne et André.

Lucienne, elle, est partie travailler chez des patrons, petits producteurs de cognac. La patronne est gentille. Le patron, elle s'en méfie parce qu'il lui a fait des avances et l'a coursée autour de la table de la cuisine.

« - On est tous les deux. Viens me faire la bise.

- Non j'veux pas. J'ferai pas ça à la patronne. Laissez-moi. »

Ils avaient entrepris tous les deux une course poursuite autour de la table jusqu'à ce que le gros bonhomme abandonne, essoufflé.

« - Laissez-moi. Laissez-moi ! » répète Lucienne.

« - J't'aurai un jour. Tu m'plais. P'tit' garce.

- Je vous en supplie ! Arrêtez ! Ou je le dis à madame. »

Lucienne en avait assez de ces hommes qui toujours cherchaient à profiter d'elle dans des situations malhonnêtes.

Un jour, la guerre est finie, elle reçoit une lettre d'un monsieur, un certain Louis Mathias qui revient d'Allemagne où il était prisonnier - il a travaillé dans une ferme - veuf à ce qu'il dit et qui voudrait la rencontrer.

Il y a longtemps que personne ne lui a écrit à Lucienne. C'est Madeleine la dernière, quand le père a été retrouvé noyé dans la Charente, qui lui avait envoyé un mot.

Elle est surprise et inquiète. Il lui donne un rendez-vous sous le pont de Bouthiers. Il veut qu'elle vienne le retrouver le soir à la débauchée si elle accepte.

C'est sérieux. Lucienne demande à sa patronne ce qu'elle en pense, si elle sait quelque chose, si elle a entendu parler de ce monsieur qui travaille à la fonderie, et si elle peut avoir confiance dans cet homme qui lui écrit, qui donne son âge. Il a vingt ans de plus qu'elle. Madame sait d'autant mieux, que c'est elle qui a manœuvré pour que la rencontre se fasse. Par elle-même Lucienne n'oserait pas. Elle est encore traumatisée par son mariage. Et puis ça n'a jamais été elle qui a décidé des hommes qu'elle rencontrerait. Lucienne obtient donc sans problème un accord presque chaleureux de sa patronne pour partir en vélo, le soir, à son rendez-vous. Celle-ci lui a dit qu'elle pouvait avoir toute confiance. Alors, elle a confiance.

Elle arrive la première. Quand il arrive à son tour, elle voit comme il est timide. Il n'est pas beaucoup plus grand qu'elle, râblé. Elle a la lettre dans la main. Il s'excuse presque d'avoir écrit ce petit mot. A peine deux paroles sorties de leur bouche, ils ne savent plus quoi se dire, se regardent, se tournent vers la Charente dont le courant emporte quelques branches cassées, comme la vie peut apporter du bon en chassant le passé. Ils sont l'un à côté de l'autre, pas loin d'être gagnés et l'un et l'autre de vertige, par l'effet de cette eau qui court à leurs pieds, de ce temps qui passe et qu'ils voudraient remplir. Et pourtant ils savent qu'ils sont venus pour se donner l'un à l'autre. Ils ont eu de bons renseignements. Alors Louis trouve le courage pour dire encore quelques mots gentils et prendre Lucienne par les hanches, l'attirer à lui et l'embrasser. Elle s'est laissé faire, s'abandonne. Les bouches se trouvent et se joignent.

Puis ils s'embrassent à nouveau et encore, comme pour oublier tout le reste. Tous les deux se convainquent alors qu'une nouvelle vie est possible.

Ils se reverront.

Elle a vraiment confiance dans sa patronne, Lucienne.

Elle vient de rencontrer son nouveau mari. Pour le reste de la vie.

Jusqu'à avant-hier quand elle s'est éteinte, perdant avec sa propre mort la mémoire entretenue de Louis, parti vingt années auparavant.

Elle n'a pas souhaité que Madeleine assiste à ses obsèques, mais elle avait souhaité la voir une dernière fois avant de disparaître : c'était tout de même sa sœur. Et moi qui ai assisté à cette dernière rencontre, je peux ici l'affirmer :

Elles s'aimaient toutes les deux.

Vraiment.

L'HARMATTAN, ITALIA
Via Degli Artisti 15 ; 10124 Torino

L'HARMATTAN HONGRIE
Könyvesbolt ; Kossuth L. u. 14-16
1053 Budapest

L'HARMATTAN BURKINA FASO
Rue 15.167 Route du Pô Patte d'oie
12 BP 226 Ouagadougou 12
(00226) 76 59 79 86

ESPACE L'HARMATTAN KINSHASA
Faculté des Sciences Sociales,
Politiques et Administratives
BP243, KIN XI ; Université de Kinshasa

L'HARMATTAN GUINEE
Almamya Rue KA 028 en face du restaurant le cèdre
OKB agency BP 3470 Conakry
(00224) 60 20 85 08
harmattanguinee@yahoo.fr

L'HARMATTAN COTE D'IVOIRE
M. Etien N'dah Ahmon
Résidence Karl / cité des arts
Abidjan-Cocody 03 BP 1588 Abidjan 03
(00225) 05 77 87 31

L'HARMATTAN MAURITANIE
Espace El Kettab du livre francophone
N° 472 avenue Palais des Congrès
BP 316 Nouakchott
(00222) 63 25 980

L'HARMATTAN CAMEROUN
Immeuble Olympia face à la Camair
BP 11486 Yaoundé
(00237) 99 76 61 66
harmattancam@yahoo.fr

L'HARMATTAN SENEGAL
« Villa Rose », rue de Diourbel X G, Point E
BP 45034 Dakar FANN
(00221) 33 825 98 58 / 77 242 25 08
senharmattan@gmail.com